De volta ao crime

Quintino Lopes Castro Tavares

De volta ao crime

São Paulo, 2011

!ivronovo

Editor responsável
Zeca Martins
Projeto gráfico e diagramação
Claudio Braghini Junior
Controle editorial
Manuela Oliveira
Capa
Zeca Martins
Revisão
Tiago Soriano

Esta obra é uma publicação da
Editora Livronovo Ltda.
CNPJ 10.519.6466.0001-33
www.editoralivronovo.com.br
@ 2011, São Paulo, SP
Impresso no Brasil. *Printed in Brazil*

Dados Internacionais de Catalogação na Publicação - CIP

T231v

Tavares, Quintino Lopes Castro
De volta ao crime / Quintino Lopes Castro Tavares. -- São Paulo:
Livronovo, 2011.

232 p. .: 14 = 21 cm
ISBN 978-85-8068-067-6
Inclui Bibliografia
1. Direito criminal. 2. Ficção. 3. Estudo jurídico. I. Título.

CDD –341.43

Ao adquirir um livro você está remunerando o trabalho de escritores,
diagramadores, ilustradores, revisores, livreiros e mais uma série de profissionais
responsáveis por transformar boas ideias em realidade e trazê-las até você.

Este Livro é dedicado a todos os advogados criminalistas que diuturnamente lutam pelo ideal de justiça no mundo, sem reservas, sem considerar sua própria opinião sobre os fatos.

Muitos contribuíram para que este livro se tornasse uma realidade. Mas, estou profundamente grato ao Dr. Evandro Batista dos Santos (do escritório Batista Santos Consultoria e Assessoria Jurídica), ao Dr. Marcos Antonio Andrade (do MS Andrade Advogados Associados) e ao Dr. Jamyl de Jesus Silva, pela especial e incondicional contribuição em todos os âmbitos, ajuda sem a qual este trabalho jamais se tornaria viável.

Prólogo

Por alguns minutos, Victor ficou em silêncio. Viu repentinamente diluir todas as esperanças que haviam depositado sobre os seus ombros. Pensava no que contar para acalmar a moça, para convencê-la de que ainda sobravam recursos, de que o indeferimento representava apenas a primeira de muitas outras etapas. Sentia, porém, um grande desconforto. Queria estar longe dali, mas as escolhas que fizera haviam definido seu destino. Não podia simplesmente fugir ou implorar a Deus para que mudasse o rumo de sua vida. Contudo, pelo esforço pessoal, estava disposto a mudar sua própria sina. Não deixaria que sua vida, por deleite de deuses ou demônios, entenda quem puder, ficasse ao sabor dos ventos, sem rumo nem direção.

Capítulo 1

Ele acordou de sobressalto, com um amontoado de frases confusas na cabeça, ditas por um homem barbudo, um tanto estranho, cujas vestimentas pareciam ter sido confeccionadas no século XIX.

É possível uma escultura sobre a madeira podre? O destaque na sociedade não pode servir como fator ao isolamento, pois dentro do éter que nos penetra e movimenta, o indivíduo tem de cooperar com as energias que trabalham o universo.

— Que frase estranha! — disse em solidão, enquanto corria apressado para o chuveiro.

Victor não se importou muito, pois os sonhos não tinham, para ele, nenhum sentido especial. Ademais, estava apressado, precisava trabalhar, pois diferente dos sonhos, as ações do dia a dia é que determinavam a força e o destino de um homem. Mesmo assim, hesitou-se um pouco antes de sair pela porta. Uma confusa sensação tentava lhe avisar que algo diferente estava para acontecer.

* * *

Por volta das onze horas, o telefone tocou. Compenetrado na elaboração dos pareceres fiscais, ele deixou tocar pela quarta vez.

— Doutor — falou baixinho a secretária Deise —, tem um homem muito mal vestido aqui. Ele quer falar com o senhor.

— O que ele quer, cadastrar o CPF? — perguntou Victor em tom grosseiro.

— Não sei, doutor. Apenas disse que é urgente. Quer falar com o senhor.

— É empregado de algum dos nossos clientes? — perguntou para se certificar.

— Impossível. Não tem como — respondeu de volta a secretária.

— Diga-lhe que não estou. Não poderei atender. Se ele insistir em ficar, ameace chamar a polícia. Esse tipo de gente só afasta a boa clientela.

A dureza de tratamento muito se devia às influências do sócio. Talvez, porém, estivesse com a razão, pois não eram poucos os que ignoravam a diferença entre um escritório particular de advocacia e a defensoria pública. Na defesa das "boas causas", ninguém fazia questão de se lembrar dos custos necessários a suportar cinco anos de faculdade ou meses de trâmite processual.

Victor esforçava-se para seguir o planejamento de seu sócio, simples e direto: apenas trabalhar com causas envolvendo soma igual ou superior a duzentos mil reais. Caso contrário, como o próprio sócio fazia questão de pontuar, *os honorários seriam irrisórios demais*.

Contudo, doía-lhe saber que alguém precisava de sua ajuda, mas não poderia ou, melhor, não deveria atender. Afinal, o escritório estava caminhando bem demais para incômodos desnecessários. Graças ao *networking* de H & H Advogados Associados, já em maio, com uma das melhores colheitas dos últimos dez anos, estavam fechando com os grandes produtores rurais da região. Portanto, mesmo à conta de suportar alguma dor, falar com esse *sujeitinho mal vestido* seria um claro desrespeito aos conselhos do sócio, a quem devia a estabilidade que vivenciava. *Riachão ficou para trás*, pensou.

Formado em Direito, com a carteira da Ordem no bolso, Victor quase voltou para Maranhão, mas ficou pelo meio do caminho, na cidade de Riachão. Foi o mais perto que conseguiu chegar de sua terra natal. Nos momentos mais difíceis, até pensou em voltar, mas as pernas fraquejaram e não viu outro motivo para impulsioná-lo. Pudera! Não tinha muitas razões, saiu de casa cedo e a vila de Piçarreira representava tão somente o lugar onde nasceu. Nada mais.

No fundo, no fundo, os anos passados em Riachão serviram-lhe como uma escola de vida. Convivendo lado a lado com a pobreza desmesurada e a hipocrisia, aprendera que não bastava apenas abraçar as causas do mundo e se esquecer da própria existência. Por algum tempo, é certo, trabalhou como um romântico, *o defensor dos pobres e infelizes*, como costumava dizer o sócio.

Gostava de ajudar as pessoas, simpatizava-se facilmente com as causas perdidas do mundo. Porém, por vezes, sentia-se injustiçado. Não tivesse conhecido Herbert, poderia estar agora mendigando por um emprego ou, no exagero, entretendo os motoristas parados no sinal vermelho, em troca de umas moedas. Passara noites a fio elaborando defesas e pedidos de liberdade complexos, na tentativa de libertar mais um "injustamente" preso.

Contudo, nas poucas vezes em que o resultado saía positivo, o cliente, em liberdade, simplesmente esquecia do prometido. Os familiares voltavam apenas quando houvesse um novo infortúnio. *Era sempre uma injustiça, bando de pobres mentirosos*, pensou. Graças a Deus, ou a quem merecesse o crédito, tudo tinha mudado, *mudado para bem melhor*, reforçou.

Tudo aconteceu muito rápido. Ao conhecer Herbert, montaram a banca H. & H. Advogados Associados. Um escritório especializado somente nas questões tributário-financeiras. Agora, com apenas três anos estabelecido na Cidade do Oeste, firmava-se como um dos mais conhecidos da cidade, exibindo uma carteira de clientes que, dia após dia, vinha aumentando, devido principalmente aos bons relacionamentos do sócio.

É difícil ao homem livrar de sua sina. Dr. Victor Hermes descobria-se por vezes lutando contra a sua paixão mal resolvida pela advocacia criminal. No entanto, ficava-lhe cada vez mais evidente que não poderia, do nada, escolher caminhos tortuosos e depois amaldiçoar os deuses pela pouca fortuna. A grandeza da nossa desgraça é, pois, como alguém já afirmou, proporcional à nossa loucura.

* * *

Depois de almoçar, Victor retornou para o escritório

— Não, Sr. Waldo, o imposto será devolvido. Farei o Estado devolver cada centavo do valor retido. Qualquer outra dúvida, é só ligar — desligou o telefone.

Victor não cuidava mais do contencioso, nem mesmo do contencioso tributário. Essa tarefa passou a ser atribuição do James, advogado promissor, a mais nova aquisição de H. & H. Associados. A sua única função no escritório era auxiliar preventivamente os clientes, evitando que pagassem mais impostos e encargos trabalhistas ou previdenciários "desnecessários". Especializara-se em "fazer o cliente gastar menos dinheiro com o fisco". Era assim que Herbert o apresentava aos novos clientes.

— Dizem que o Fórum Teixeira de Freitas está caindo aos pedaços — disse Herbert ao entrar na sala.

— Só um louco para se dedicar à militância no Fórum — respondeu Victor.

— Só um louco para viver no seio desses dementes parasitas — confirmou Herbert.

A conversa, porém, foi cortada com a chegada de James. Afinal, a ele atualmente incumbia a missão de desempenhar, no que fosse necessário, a louca batalha de enfrentar a morosidade, o desconforto e a humilhação dos cartórios judiciais.

Logo na entrada, com seu ar enérgico e sonhador, típico de qualquer recém-formado, indagou:

— Já estão sabendo? O Instituto responsável pelas obras não quer interditar o edifício. Mas os promotores ameaçam não entrar nos recintos do fórum se não fizerem uma imediata perícia e avaliação das condições do prédio.

— Sabemos. Estamos muuuuito preocupados — respondeu-lhe Herbert.

James adorava os dois advogados seniores. Os dois sócios, Victor e Herbert, representavam para ele a mais perfeita união entre a clássica técnica advocatícia e a prática mercantilista. Como costumava dizer para os ex-colegas de faculdade, simbolizavam o novo modelo da advocacia, *o saber jurídico em ação e colocado em xeque*: o fim do contencioso e uma perspectiva comercial da causa.

O telefone tocou novamente e todos voltaram à rotina matinal de trabalho, recolhidos à solidão da sala individual de cada um.

O escritório era impressionante. Todas as salas de trabalho, mais de quatro, eram revestidas de madeira e decoradas com um bom gosto discreto. Na sala de Victor, tinha uma mesa com cinco cadeiras na frente e uma confortável cadeira de couro por trás, uma outra mesa de reunião com uma dúzia de cadeiras ao redor, além de um valioso quadro na parede e uma estante com livros jurídicos em abundância. Victor dizia que eram *livros para decoração*, pois aqueles dos quais realmente gostava ficavam em casa.

— Doutor, o senhor me chamou? — disse James ao abrir discretamente a porta.

— Entre, preciso lhe dizer algo importante.

— O que foi? Algum problema? — James perguntou intrigado.

— Quantas vezes Herbert já lhe disse que a aparência conta quase mais do que o diploma? — Victor censurou o novato.

— Eu sei, doutor, mas eu esqueci o paletó no carro.

— Nada disso. É a sua gravata — retrucou Victor —, é melhor não usar gravata, do que usar uma que custa menos do que dez reais.

— Está bem, vou trocar — foi a resposta de James, antes de sair.

Pode ter sido um pouco rude, mas Victor não se imaginava agindo de outro modo. Tornara-se um tanto incrédulo com a prática da advocacia. Acreditava cada vez menos nessa balela de que o mercado efetivamente premiava o bom profissional, pelo simples fato de estar mais preparado, de ter estudado mais. Tinha a plena convicção, pelo próprio exemplo de vida profissional, de que o progresso na advocacia dependia mais dos bons contatos do que as horas despendidas, na solidão da noite, em busca de uma nova jurisprudência ou doutrina.

O telefone tocou novamente.

— *Te atrapalhei em alguma coisa?* — era Herbert do outro lado.

— Nada. Só estava filosofando um pouco.

— *Marquei para hoje um jantar com o Dr. Orel. Você sabe, é preciso ser visto para ser lembrado.*

— O Sr. Orel é médico? — Victor perguntou distraído.

— *Não, mestre. Ele é fazendeiro. Ele é formado em propriedades e avultosas contas. Ele não precisa de diploma, meu amigo* — complementou Herbert rindo.

— Vamos levar o James?

— *Lógico! Ele precisa se entrosar, adaptar-se ao cheiro do povo rico* — brincou Herbert mais uma vez.

* * *

Tudo por conta do escritório, o jantar foi perfeito. Nada mais merecido para um bom cliente, demonstrando a atenção e o carinho dedicados a ele e à família. Um claro sinal de que o escritório não se lembrava do cliente apenas nos dias de pagamento de honorários. Nisso Herbert era impecável.

— Já é tarde. Precisamos ir — disse a esposa do "doutor" Orel.

— Nós também já estamos de saída. Amanhã será um dia longo — completou Herbert, educadamente.

Era o tipo de resposta que H & H Advogados Associados adotara como padrão. Mesmo que parassem em outros bares da cidade, na intenção de um último drinque, o indispensável era passar para o cliente a imagem de profissionais que dormem cedo, não dados ao exagero noturno, preocupados com o dia árduo e longo de amanhã.

— Minha cabeça está doendo — disse James em tom de brincadeira, ao chegarem no estacionamento.

— Não brinque. Isso é sério — disse Herbert.

Victor não disse nada. Ficou apenas contemplando os dois amigos, até que entraram no carro e partiram. E notando-se que ficara sozinho, entrou também em seu veículo e dirigiu sem pressa, rumo à sua residência.

Nunca teve tanta paixão por carros, mas não poderia perder a chance de alertar a sociedade de que estava crescendo como advogado. Na primeira grande causa, comprou um utilitário importado, motor 3.8. V6, à gasolina e 274 cavalos de potência. *Só para impressionar!* Como dizia a James, nos passeios de sábado à tarde.

* * *

No dia seguinte, foi cedo para o escritório, pois ainda tinha muito trabalho a concluir e ligações importantes que deveriam ser feitas do próprio escritório.

— Dona Deise, peça aos colegas para não me interromperem. — Victor ordenou à secretária, antes de entrar para sua sala.

Contudo, por volta das 10 horas, a tranquilidade do ofício foi quebrada pelo ramal da secretária.

— Doutor, aquele senhor de ontem está aqui de novo.

— Por favor, diga a esse infeliz que não posso atendê-lo.

— Acho melhor atender. Ele está fazendo um papelão aqui na frente. Ainda bem que não tem nenhum cliente na recepção.

— Sabe daquela sala fora do corredor principal? Leve ele para lá — disse Victor já aborrecido.

Ficou na dúvida, entre ir para casa, já que não havia sossego ou atender esse teimoso. Passou ainda uns cinco minutos completamente imobilizado, até decidir falar com o velho. A conversa poderia tomar alguns minutos de sua vida, mas não haveria grande perda para a produtividade do dia. O trabalho já estava interrompido mesmo. Mas, por precaução, pediu à secretária que mandasse James acompanhá-lo.

* * *

— Meu nome é Antônio — disse o velho —, nasci e me criei em Maranhão. Mas tem uns vinte anos que moro em Riachão.

— O que o senhor quer? — perguntou Victor em tom áspero.

— Fui vizinho de seu pai. Nos últimos anos de sua vida, acho que eu era seu único amigo. O doutor já tinha ido pra São Paulo. Não sabe o que o velho Miranda sofreu.

— Quer dinheiro?

— Não, doutor. Sou pobre, mas tenho orgulho de sustentar minha família, apesar da idade e das dificuldades.

Victor se irritou um pouco mais.

— Seu Antônio, gostaria de ouvir sua história triste o dia inteiro, mas não tenho tempo. Conte-me logo o que quer!

— Sabe, doutor, eu tenho uma filha, ela morava...

— Por favor, senhor, nos poupe dos detalhes, diga logo o que quer — James reforçou a súplica.

— Minha filha está presa, doutor — desatou a chorar, em soluços intermináveis.

Victor ficou olhando para ele espantado, como quem olha para um extraterrestre.

— Meu Deus — disse James —, este peixe está fora da água.

Victor não falou mais nada, simplesmente retirou-se para o seu nobre santuário, onde nenhuma alma perturbada poderia incomodá-lo novamente. Ficou estagnado, frente ao quadro de Oiticica, buscando nas linhas do artista o esquecimento daquele homem que, acidentalmente, queria provocar o reencontro com seu passado. Por alguns segundos, viajou no tempo, enquanto ouvia, em sua mente, apenas a repetição de algumas das palavras do tal Sr. Antônio: *fui amigo de seu pai, seu único amigo.*

* * *

Na manhã seguinte, antes mesmo das oito horas, Sr. Antônio já estava sentado à porta do escritório, esperando Dr. Victor chegar.

— Doutor, ontem não me deixou explicar — disse, assim que avistou o advogado.

— Por favor, eu não sou advogado de bandido — suplicou Victor.

— Mas a secretária do Pastor Ravi disse que viu o senhor num Júri e...

— Por favor, procure outro advogado — Victor interrompeu-lhe irritado.

Mas Sr. Antônio insistiu, parecia não se importar com a irritação de Victor:

— Ela disse que o senhor não tem medo.

— Eu era destemido? Eu era um louco. É coisa bem diferente — disse Victor em claro desabafo.

— Eu não vou sair daqui. Vou ficar sentado, aqui, na porta. O senhor vai ter que me ouvir.

Victor limitou-se a passar pelo velho, sem responder mais nada. Foi para a sua sala e, pela primeira vez, trancou a porta por dentro. Tentou se concentrar nas atividades do dia, mas não conseguiu. Era como se o velho tivesse alguma força ou poder capaz de absorver toda a sua tranquilidade mental.

O silêncio da sala passava apenas uma falsa impressão de tranquilidade, porque aquelas mesmas palavras começaram a rebater a sua cabeça. Elas pareciam um martelo, minuto em minuto, provocando um barulho *estridente* e insuportável: *seu melhor amigo, seu único amigo.* Passava um tempo, ecoavam novamente, cada vez com mais detalhes: *fui vizinho de seu pai, seu único amigo, quando você já tinha ido embora.* Victor tentava se desligar, procurando se concentrar em alguma outra coisa, mas sem resultado. Tudo se repetia: *fui amigo de seu pai, seu único amigo,* e a martelada era cada vez mais forte.

— Chega! Mande esse homem entrar, Deise — pediu à secretária.

— Quem? Seu Antônio? — perguntou ela incrédula.

— Tem por acaso algum outro palhaço na porta querendo falar comigo?

— Tá bom, senhor — dona Deise desculpou-se assustada.

Foi assim que o Sr. Antônio entrou na principal sala de atendimento. Já eram cinco horas da tarde, mas o dia ainda estava ensolarado. Porém, algo no ar trazia um tom sombrio e triste, em dó menor. Tudo parecia igual, sem graça, como se nem preto nem branco mais existissem e tudo houvesse se tornado cinza.

Ficou de pé, não queria se sentar, mas, com a insistência de Victor, ocupou uma das cadeiras do centro da mesa. Antônio Silva, homem simples, de um só nome e sobrenome, não tão velho quanto aparentava, beirava uns 65 anos de idade, mas sua cara pálida, cabelos desarrumados e rugas por toda face, num olhar pensativo e sem muita vivacidade, faziam-no parecer dez anos mais velho. Tinha um rosto marcante, com traços evidentes de muito sofrimento e trabalho duro pela vida fora. Um rosto difícil de esquecer, como um espectro preparado para a investida contra o mais distraído dos mortais.

— Minha filha está presa, doutor. Mas ela é inocente. Jamais faria mal a uma mosca — falou na mais absoluta convicção.

— Evidente — ironizou Victor.

Sr. Antônio nem se deu conta da atitude distante do advogado. Estava absolutamente compenetrado.

— Eu não tenho dinheiro. O pastor Ravi me contou que o juiz pode indicar um advogado experiente.

— E falou com o juiz? — perguntou Victor.

— Pedi que colocasse o senhor como nosso advogado, porque é filho do falecido Miranda, meu compadre — explicou Sr. Antônio.

— E o senhor foi mesmo amigo de meu pai?

Victor não estava interessado no caso, queria mesmo saber era das últimas horas de seu pai, pois desde que saíra de casa, jamais soube direito do destino de seu progenitor. Ouviu uma vez que ele morreu de cirrose, agonizando em algum canto das ruínas do sobrado, clamando pelo nome do filho. Talvez quisesse agora se livrar do remorso.

— Foi um final triste e solitário. Só tinha eu do seu lado — respondeu Sr. Antônio, aproveitando já a ocasião – por isso vim procurar o doutor. Sei que vai me retribuir a generosidade.

— Quer se aproveitar da situação, é? — Victor mudou o tom da conversa.

— Longe de mim, doutor. Só achei que pudesse ter herdado o mesmo bom coração do finado Miranda. Desculpe.

— Eu não estou bem ultimamente. Ando muito exaltado — Victor também se desculpou.

— Mas vai pegar o caso da minha filha? — Sr. Antônio não perdeu a chance de voltar ao seu tema principal.

— Agradeço-lhe de coração por ter acompanhado o meu pai, mas não sou criminalista. Não posso defender sua filha.

— Mas o doutor já foi advogado do crime. Todo mundo de Riachão fala bem do senhor — Sr. Antônio continuou persistindo.

— Pela última vez — se exaltou Victor —, deixe de ser teimoso. Não estamos em Riachão. Não vou defender sua filha!

Senhor Antônio não disse mais nada, engoliu seco, abaixou a cabeça e saiu. Deparou-se com James no corredor, fitou-o apenas, sem dizer uma só palavra. Foi o suficiente para estremecer-lhe o coração. A desgraça humana escancarada na face de Sr. Antônio abalou o espírito de James, como abalaria a alma de qualquer outro iniciante. E para Victor também não foi fácil. O barulho do silêncio deixado na sala cortava-lhe a alma. Teria sido melhor que falasse qualquer desaforo, qualquer ofensa.

* * *

O velho seguiu pela estrada cabisbaixo, preocupado, mas sem perder a coragem. *Ele não quer perder o seu tempo em vão. Deve ter batalhado muito para chegar onde está,* pensou ele. Porém, não desistiria tão facilmente. No íntimo, alguma coisa lhe dizia que a sua filha não teria uma defesa melhor nas mãos de outro advogado. Decidiu fazer tudo o que podia para convencer Victor a pegar o caso. Aliás, viu sinais de angústia no olhar do advogado, quando contava sobre a morte de seu pai.

— *Vou pensar num jeito de aproveitar isso* — pensou em voz alta, esboçando um pequeno sorriso esperançoso.

Para Sr. Antônio, nada mais fazia sentido. Colocara como único objetivo de vida libertar sua filha, sem se importar com sua culpa ou inocência. Não deixaria a única lembrança viva, doce e imaculada de sua esposa, perder-se no antro de um presídio. Homem sem muita formação, sabia desde o começo tratar-se de uma luta contra as classes abastadas, por isso queria Dr. Victor. Queria mais do que um bom advogado criminal, queria um defensor dos ricos. *Quem mais iria contratar?* Perguntou-se. *Esses advogados de pobres, de porta de cadeia?*

* * *

Victor foi para casa agoniado. Dormiu cedo, mas de nada adiantou. Acordou várias vezes no meio da noite com pesadelos. Seu pai aparecia e começava a acusá-lo de ingrato: *você me abandonou, seu covarde. Você me abandonou!* Por volta das quatro da manhã, conseguiu pegar no sono e veio inesperadamente aquele sonho estranho. O homem de bigode começou a falar:

É possível uma escultura sobre a madeira podre? A liberdade não é a subversão da normalidade, mas o destaque na sociedade não pode servir como fator de isolamento. O indivíduo tem de cooperar com as energias que trabalham o universo.

De repente, o sonho mudou. A filha de Zeus apareceu do nada e, travestida de senhor Antônio, começou a suplicar:

Tome um barco e vá procurar seu pai. Se souberes que não está mais neste mundo, volta então para a casa, constrói-lhe um túmulo e presta-lhe as honras fúnebres devidas.

Victor ficou acordado o resto da madrugada. Não pegou mais no sono até o raiar do sol, introspectivo, tentando entender essa mistura de sonho, mito e realidade que o circundava.

Foi o primeiro a chegar ao escritório. Ficou na recepção, aguardando a secretária e, logo que ela entrou, pediu que tentasse localizar Sr. Antônio e avisasse que queria conversar com ele.

Não demorou muito e o velho foi anunciado na sala.

— Está um dia quente, hoje — disse logo ao entrar, tentando um pouco mais de aproximação.

— É verdade. Parece mais quente do que o normal — disse Victor, também tentando ser um pouco mais simpático.

Sr. Antônio sorriu. Sentiu que estava obtendo progressos e não deixou de insistir.

— O doutor vai pegar o caso da minha filha?

— Calma, homem. Depois conversamos sobre sua filha — disse Victor, buscando acalmar os ânimos do velho. — Eu queria mesmo é saber alguma coisa sobre meu pai.

— Eu posso contar. Só eu testemunhei o que ele passou — disse Sr. Antônio confiante.

— É verdade mesmo que ele morreu de cirrose?

— Ele bebia muito, sabe — disse um pouco ressentido. — Então, veio o câncer, tomou conta do fígado. Não houve jeito.

— Ele sofreu muito? — perguntou Victor, como querendo achar algum ponto a amenizar a dor que sentia.

— Sofreu. Sofreu muito. Não queria morrer sem te ver. Sempre chamava pelo seu nome.

Sem saber explicar direito, Victor sentiu uma dor imensa pela morte do pai. Mais remorso do que tristeza, pelo abandono, pela falta de notícias e, principalmente, por sua ausência na hora da morte.

— Eu sei que pode não defender minha filha. Mas não me arrependo de ter ajudado seu pai — contra-atacou o velho.

— Por favor, me deixe um pouco só — implorou Victor, sem mais poder conter a emoção.

— E a minha filha? — repetiu seu Antônio, sem perder a ocasião.

— Por favor, por favor — voltou a implorar.

* * *

Na solidão daquele dia, Victor sentiu-se cada vez mais atormentado. *Teria o dever de pegar o caso? Por que razão deveria pagar o favor dado ao seu pai?* Estas foram as perguntas que o perseguiram o dia inteiro. Precisava fazer alguma coisa e, mais do que tudo, resolver imediatamente essa assombração. *Morreu chamando meu nome, talvez por arrependimento,* pensou.

É verdade que nunca se sentiu tratado como verdadeiro filho. Via alguma coisa nos olhos do falecido pai que não lhe agradava. Não sabia bem, mas sempre sentiu nele alguma coisa avessa, diferente de amor paterno. O velho estava morto, mas sua presença, tantos anos depois, continuava assombrando sua vida. Logo agora que tudo caminhava bem: uma vida profissional respeitada e uma situação econômica estável. Não queria que os fantasmas do passado acabassem com a sua carreira e, quiçá, com sua vida.

Por que se incomodar com um homicídio? Victor não tinha motivos para isso. Numa análise estritamente financeira, patrocinar a causa de Juliana não compensaria. A exposição no plenário do júri e a coragem para o enfrentamento das acusações enérgicas de um promotor criminal custariam muito dinheiro. Sr. Antônio não aparentava ter condições de pagar um bom advogado. Victor ficou pensando nas possibilidades. Poderia defender Juliana de graça, como uma forma de gratidão pelos cuidados prestados ao seu próprio genitor.

No entanto, não conseguia enxergar uma lógica nessa relação. *O favor foi para o meu pai. Eu não pedi nada,* pensou. Quer dizer, para Victor, ainda que houvesse maneira de se retribuir um favor, ele não devia nada para o Sr. Antônio. Este ajudou o seu pai de livre vontade. Ninguém tinha pedido nada. *A não ser o próprio favorecido,* ficou maquinando, *ninguém poderia ser signatário de um favor devido a outrem.* Não há como pagar uma gratidão. É por isso que todo "obrigado por enquanto" é grosseiro, é clientelista. É a impressão de que se pode pagar um favor. Mas este é sempre não indenizável, pois toda suposta retribuição é sempre um novo e único favor.

Na sinceridade de sua alma, ele não queria deixar Sr. Antônio desapontado. Mas tinha uma sociedade com Herbert. Patrocinar uma causa de tamanho vulto, um homicídio doloso, seria uma ação absolutamente contrária às ideias do sócio. Sentia-se atado, sem saber o que fazer. Pensou na pobre moça encarcerada. Achou tudo uma grande injustiça, mas mal sabia ele que os problemas estavam apenas começando.

Capítulo 2

Juliana Britney Silva, do signo de gêmeos, nasceu em Riachão, em 17 de junho de 1990. Mas desde o dia em que aprendeu, com consciência, a escrever seu nome, comprometeu-se a não mais continuar para o resto da vida nesse destino sem rumo que persegue os pobres. Queria aprender tudo o que fosse possível para iniciar uma nova vida quando adulta; queria mudar o triste destino que rondava seu pai, mesmo que para isso fosse necessário ler todos aqueles chatos livros acadêmicos que os mais cultos diziam ser indispensáveis para uma vida melhor.

Sempre acatada, passou a frequentar, desde cedo, a igreja presbiteriana da cidade, não tanto por temor a Deus, mas porque sentia que os rigores da fé ajudavam-na a manter uma vida regrada. Suas vestimentas eram sempre discretas, por escolha própria, mais do que pelos poucos recursos de seu pai. Nunca ousara utilizar qualquer minissaia, blusa ou vestido, cujo decote parecesse ultrajante. Representava para os mais idosos da vila o exemplo da mais pura donzela, ostentada orgulhosamente pelo pai, como sinal de que os velhos tempos da moralidade não haviam ainda se esgotados. Jamais alguém ousara dizer que viu Juliana em ato que merecesse desaprovação.

De fato, para ela, sabia-o bem, desde o início, a opinião dessas pessoas que se julgam publicamente sensatas exercem, ali, na insignificante cidade de Riachão, aquilo que se chamou um dia de "o fastígio do despotismo". Aliás, é por causa desse "palavrão" que a estadia nas pequenas cidades é insuportável para quem sonha viver numa grande capital, porque a tirania da opinião — e que opinião! — destrói a mais cândida intenção de uma pura donzela. Por isso é que preferia ficar em casa, lendo o que podia, principalmente sobre os grandes centros: Paris, Londres, Nova York, São Paulo. No fundo, sonhava com seu príncipe encantado, o homem que viria resgatá-la desse fim de mundo e fazer de sua vida uma história digna de ser contada.

— Por que está me olhando? — perguntou para um colega de classe.

— Eu não olhei pra você — respondeu o garoto.

— Olhou, sim. Faz tempo que me olha.

— Professor, o Jones quer namorar *com* Juliana — disse um outro colega de sala.

— Sem chances — respondeu o professor, rindo —, ela já fala inglês. Ele nem português ainda sabe direito.

— Namorar esses meninos? Tá louco! — disse com certa soberba.

Estava certa, pois, absolutamente consciente de sua realidade e do que pretendia na vida, sabia que não haveria nenhuma boa possibilidade caso se arranjasse, logo cedo, com um desses *maluquinhos sem rumo*. Queria mesmo era se casar com um médico. Lembrava-se bem dos conselhos da professora de História do último ano:

— O que quer ser, Juliana?

— Quero ser tradutora.

— Tradutora?

— Por quê? Não posso ser tradutora?

— Seja médica, menina! Só trabalham um dia, mas têm o melhor salário da prefeitura.

— Eu não gosto de sangue — ela se justificara.

— Se não puder, case com um — dissera por fim a velha professora.

Por essas questões, nem ousava pensar um pretendente. Não que não tivesse também a curiosidade de saber o gosto dos doces e acalentos beijos que via nas telenovelas, mas queria fincar os pés no chão. Não desejava que a mesma maldição que assombrara sua mãe recaísse sobre os seus ombros.

Ela morreu quando Juliana tinha apenas um ano de idade. Na sua adolescência revoltante, para a tristeza dos pais, decidiu fugir com Sr. Antônio para Riachão. Só não parara para analisar a condição do pretendente, pobre, quase miserável e muito mais velho do que ela. Em Riachão, recém parida, com as coisas indo de mal a pior, não aguentou a crise da pobreza, entrou em depressão e faleceu, pouco tempo depois. Segundo a própria Juliana, ela foi amaldiçoada pela burrice e teimosia de sua própria vida. Por isso não entendia a necessidade de uma filha desagradar o pai sem justo motivo.

— Filha, comprei uma geladeira nova — disse todo orgulhoso Sr. Antônio, logo que ela chegou da escola.

— Que bom, pai. Que bom.

— Você gostou mesmo? — perguntou o velho, procurando algum sinal de desaprovação.

— É magnífica! Bem melhor do que a outra.

Geladeira nova, geladeira velha, whatever. Esse orgulho de seu pai, meio sonso, meio tolo, não lhe afetava, nem via nisso sinal algum de uma atitude nobre ou louvável. Orgulhava, sim, do sacrifício que tanto fez, por dois anos, frequentando aquela escola em Água Boa. Todos os dias, aquela mesma pobreza, mas voltava para a casa com a mesma meiguice e, quando questionada sobre a vida, esforçava-se por responder positivamente, passando sentimentos de amor e gratidão: *graças a Deus, tudo vai bem.*

— Tudo vai bem, uma... — gritou um dia, seguro de que ninguém estava por perto.

— Graças a Deus! — falou por fim e se desabou em gargalhadas.

Lembrou-se então daqueles versos tristes que aprendera na escola municipal Castro Alves, dois anos atrás:

Lá na úmida senzala,

Sentado na estreita sala,

Junto ao braseiro, no chão,

Entoa o escravo o seu canto,

E ao cantar correm-lhe em pranto

Saudades do seu torrão ...

No momento, só tinha que agradecer. Seu pai conseguiu aquele tão sonhado emprego na Prefeitura, em vista dos favores para conseguir mais votos na eleição e, assim, foi transferida para a escola do centro da cidade. *Escola de Água Boa, nunca mais*, pensou. Na realidade, a antiga escola, hoje "destituída" pelo Prefeito, na promessa de construir uma nova escola, moderna e equipada, mais parecia um curral do que um local de ensino, propriamente dito. Estudar naquele local era humilhante demais.

Cercado por apenas arame farpado, nem mesmo tinha parede, porta ou telhado. Colegas mal vestidas, despenteadas e, muitas vezes, com os olhos quase sempre sujos. Nos dias de muito sol, as aulas ficavam suspensas, pois faltavam sombras necessárias a se arrumar as cadeiras. Porém, Juliana sentia orgulho de tudo isso. Significava para ela, como que uma provocação ou provação divina, a promessa de dias melhores.

Deixou as recordações e voltou ao mundo. Olhou para o pequeno e discreto relógio de pulso que sustentava, eram já cinco horas da tarde, hora de comprar pão.

* * *

— Olá, dona Conceição.

— Tudo bem, Juliana? O seu pai ainda se queixa de dores no joelho?

— Ah!, dona, ele já está melhor.

Que dores no joelho? Pensou Juliana. Meu pai tem cada uma. Deve ter sido alguma desculpa para o atraso no pagamento dos débitos do mês ou, quem sabe, coisa de gente idosa mesmo. Mas ela nem ousou esboçar qualquer reação capaz de denunciar o seu total desconhecimento da suposta doença de Sr. Antônio.

— Amanhã, você vai ao culto? — perguntou dona Conceição.

— Não tenho certeza.

— Por quê?

— Tenho muita roupa pra lavar — justificou-se.

— Deixe as roupas. Você tem que estar lá.

— Tem algum motivo especial? — questionou Juliana, forçando o tipo menina-pura despretensiosa.

— Vai chegar um pastor novo. Vai ser um dia de louvor.

— Deus seja louvado, irmã. A gente se vê na Igreja.

Comprou os pães e saiu de cabeça abaixada. Estava feliz demais para permitir que alguém visse sua face, metade alegria, metade malícia. Afinal, com quase quinze anos de idade, conhecer um homem novo, capaz de lhe dar os melhores confortos da vida, não seria má ideia.

* * *

Ela ficou em casa, muito ansiosa. Não conseguiu nem ler o romance que acabara de comprar na banca. Olhava para o relógio, minuto em minuto, aguardando a hora do culto.

Por volta das cinco e meia da tarde, seu pai bateu na porta do quarto. Juliana estava orando ou fingindo orar. Nem ela sabia ao certo.

— Vai para o culto, hoje? — perguntou o pai.

— Vou. O senhor já sabe do novo pastor?

— Deve ser algum paulista, homem de meia-idade — conjecturou o pai.

Juliana ficou imaginando: *corpo perfeito, sem nenhum vício*. Claro, completou, *um homem de sucesso*.

— O que o traz para este fim de mundo? — a pergunta saiu, quase sem querer.

— Como disse? — reperguntou o pai.

— Por que será que vem? Foi isso que eu quis dizer.

— Pode estar fugindo de alguma coisa. Mas isso não importa — cogitou o pai.

— O que vale é a obra de Deus — completou Juliana.

— É verdade, minha filha. Dizem que o homem é bom, que no seu culto, ninguém dá menos que uma nota de cem.

— É dom profético, meu pai. Não é todo mundo que tem.

— Você tem que se casar com um homem assim — disse Sr. Antônio, já em tom de conselho pai-para-filha.

* * *

Naquele dia, a Igreja lotou. Estava cheia, principalmente de mulheres, quase todas mães solteiras, querendo conhecer a nova figura masculina que passaria a dominar o ciclo social da cidade. Afinal de contas, nem sempre Riachão tinha uma novidade tão boa assim. Juliana chegou cedo e conseguiu se sentar no lugar de sempre, nem tanto à trás nem tanto à frente, numa posição estratégica. Ela evitou olhar na cara de qualquer uma dessas mulheres, que quase nunca apareciam na Igreja. Manteve a cabeça abaixada o tempo todo e, em voz muito baixa, disse:

— Não vou deixar essas fracassadas levarem o meu pastor.

O comportamento era típico de uma mulher desesperada, procurando o primeiro marido que aparecesse na esquina. Para alguns, isso seria até normal, não fosse a idade de Juliana. Ela tinha apenas quatorze anos de idade ou, como queria, quase quinze anos. Contudo, como dizia seu professor, Juliana já falava inglês, enquanto os outros, nem português direito sabiam.

O grande momento chegou. O pastor novo entrou e subiu no púlpito para fazer a oração inicial de graças.

— Antes de tudo, gostaria de me apresentar — postou a voz e continuou —, meu nome é Pastor Ravi. A partir de hoje terão mais um servo do Senhor para vos conduzir na grande cruzada de fé, nesta luta por Jesus.

Pastor Ravi, um americano radicado no Brasil, morou durante vinte anos no Pará, na missão de evangelizar o povo da tribo Asurini do Xingu — Awaté — pelas margens do Rio Piçava, perto de Altamira. Cansado, já com muito menos energia, resolveu partir para um projeto um pouco menos desafiador. Tomou como missão ajudar as pessoas a superarem, pela palavra de Deus, a pobreza, trazendo para dentro de casa um pouco mais de dignidade. Como dizia, *Deus não quer seus filhos vivendo na miséria.* Tinha um figurino um tanto estranho. Usava sempre camisas de *gola de padre,* calças mocassim e sapatos da mais alta marca que se poderia comprar pelo interior do Brasil. Apesar de seus 55 anos de idade, os cabelos não apresentavam muitos fios brancos e sua pele, um pouco queimada pelo sol, demonstrava ainda inos traços de beleza, pouco maltratada pelas rugas.

Acho que saí no lucro, pensou Juliana. *Imaginei um jovem e ganhei um americano.* Quer dizer, nem se importava com a idade. A sua única preocupação agora era saber se o pastor era casado ou não. Sabia que estava na frente de todas as outras coitadas da vila. O homem é americano, ou seja, apesar de falar o português tão bem, sentiria mais empatia por quem pudesse conversar com ele na língua de sua terra natal.

Depois do culto, não ficou para cumprimentar o novo pastor. Aliás, seria a última coisa que faria, pois não tinha abandonado o seu plano de garotinha do papai, religiosa e acatada. Ademais, seria agora só uma questão de tempo. *Estou dentro*, pensou. *Quer dizer, ele está dentro*. E começou a rir da brincadeira maliciosa. O príncipe encantado tinha chegado e a "Bela Adormecida" moderna teria agora que dar um jeito para ser encontrada. Nada de ficar apenas dormindo, sabe Deus até quando, à espera da vontade do príncipe.

Quando o Sr. Antônio chegou em casa, contou-lhe que fora cumprimentar o pastor.

— Que homem educado, minha filha. Só não pude falar mais com ele por causa do empurra-empurra das solteiras.

— Que vergonha, meu pai — reforçou Juliana.

— Agradeço muito a Deus, filha, por você não ser igual a essas pecadoras. Você é a única que não mostrou curiosidade, não chegou perto.

— Pai, eu vou para a Igreja buscar a palavra de Deus.

— Ele seja louvado, minha filha.

— A integridade é a segurança da mulher honesta — completou ela.

Pediu licença e, na justificativa de orar um pouco, principalmente pela alma das donzelas perdidas, trancou-se no quarto.

A noite foi longa, Juliana não parava de pensar numa forma infalível de seduzir o Pastor Ravi. Na verdade, uma forma não só imbatível, como também discreta. Queria alcançar seu intento, mas sem se expor ao ridículo, sem perder o respeito dos anciãos pelo extremado acatamento que aparentava.

* * *

Na escola, sob o pretexto de querer saber um pouco mais sobre a reforma da Língua Portuguesa, abordou as professoras e com elas ficou sentada durante todo o intervalo. A intenção não revelada, é claro, era tão somente ouvir os comentários sobre o Pastor Ravi e descobrir se era casado ou solteiro. Tinha decidido que iria conquistá-lo e, custe o custar, estivesse com quem quer que fosse, não deixaria perder sua janela para o mundo de oportunidades.

— E o americano na cidade? — começou a professora de Matemática.

— Não sei, não — respondeu incrédula a professora de Português. — É mais um desses viúvos ricos que, pelo vazio de espírito, passam a falar de Deus.

Para não fugir à regra, a professora de Geografia, solteira desesperada, jogou o seu palpite:

— Amigas, o mais importante é que não é padre, não tem voto de castidade e é um partidão.

— Está em forma. Não é de se jogar fora — completou a professora de Matemática.

A sineta tocou e todas voltaram para as salas de aula, mas, para Juliana, foi o suficiente. Sabia agora que as condições econômicas do Pastor eram condizentes com o *status* de americano e ainda, para evitar maiores danos, era viúvo. *Que chance!* Pensou. Na pior das hipóteses, já que o velho não tinha filhos, *poderia ser incluída no testamento* e, deste modo, sair desse marasmo, da fatídica herança pobre do pai.

* * *

Na padaria, encontrou-se novamente com a dona Conceição, a senhora das boas notícias, cuja admiração por Juliana fazia morrer de inveja até a filha mais velha, já com mais de quarenta anos de idade. Talvez pelo fato de que a dona Conceição jamais rasgara tantos elogios para os netos como as que, em alto e bom tom, por toda a cidade, declarava para a filha de sr. Antônio.

— Minha filha, estava lhe aguardando.

— Que foi, irmã Conceição? — ela perguntou sorridente.

— Falei com o Pastor Ravi. Ele me pediu referências sobre uma adolescente, para ajudar nas aulas dominicais e missões pelos povoados.

— Temos muitos bons meninos por aqui, irmã. Com certeza o Pastor vai achar um bom auxiliar — disse propositalmente.

— Não, minha filha, você não entendeu. Você é a única pessoa que posso indicar, sem remorsos, sem medo de errar.

— Eu, dona Conceição? Eu não mereço tamanha graça divina — Juliana rejeitou a indicação, demonstrando claro desinteresse.

— Sem dúvida. Você é a única que pode trabalhar com o Pastor Ravi.

— Não sei, dona Conceição — retrucou ela —, mas se for a vontade de Deus, não posso recusar.

Enquanto caminhava a passos lentos e vigorantes, algumas ideias não saíam da mente. Por algum momento ficou em dúvida acerca da integridade do Pastor. *Referências sobre a adolescente, referências sobre a adolescente, referências sobre a adolescente*, repetiu mentalmente umas cinco vezes. *Por que ele pediu uma menina e não um menino?* A dúvida martelou a cabeça de Juliana. Estaria o Pastor conscientemente mal intencionado? Como quem não quer nada, apenas para um momento de oração e pedido de iluminação ao Senhor, resolveu fazer um pequeno desvio e passar na Igreja.

Deparou-se com o Pastor Ravi, fazendo alguns apontamentos sobre os materiais que precisava mandar comprar na Cidade do Oeste. Como dona Conceição tinha avisado, o pastor estava sozinho, era o melhor momento para uma conversa.

— Bom dia, minha filha, em que posso ajudá-la?

— Pastor — começou Juliana, fingindo-se um pouco envergonhada —, falei com a dona Conceição e...

— Sei, você deve ser a Juliana — disse o Pastor, todo sorridente.

— Sou eu mesma. Se for a vontade de Deus, estou aqui para ajudá-lo.

— Na verdade, tinha pensado num rapaz — explicou-se o pastor. — Mas a dona Conceição me convenceu de que você seria a pessoa mais indicada.

— Estou ao seu dispor — murmurou Juliana, com malícia.

— Podemos começar amanhã?

— Eu, eu não sei. Acho que tem um problema.

— O que foi, minha filha? — perguntou o pastor intrigado.

— O senhor tem que pedir autorização ao meu pai.

— E ele vai se opor?

— Não, não é isso. Só quero que fique claro para ele que a ideia não foi minha.

— Pode ficar tranquila. Farei tudo certo — disse o Pastor, abrindo um novo sorriso.

Só assim Juliana voltou para a casa feliz da vida. Já tinha conseguido o primeiro passo para a conquista definitiva do americano. Agora, como teimosamente dizia para si mesma, *era definitivamente apenas uma questão de tempo.*

* * *

Pastor Ravi foi conversar com o sr. Antônio, explicando-lhe da importância de Juliana participar das tarefas da Igreja, contribuindo para a evangelização das crianças.

— Dona Conceição me disse que ela é muito temente a Deus.

— Deus me deu uma grande filha. Não posso me queixar, pastor. Mas eu fico preocupado com a formação dela — respondeu sr. Antônio fugidio.

— Isto é bom. Mas a Igreja não vai atrapalhar os estudos.

— Ela quer ser tradutora.

— Que bom! Muito bom — o pastor tentou ser educado, sem entender muito bem a pretensão do pai.

— Está bem — disse sr. Antônio por fim. — Eu vou permitir. Mas o senhor tem que tirar um dia para ensinar a sua língua.

— Tiro até dois dias se for preciso.

— Então está fechado — completou sr. Antônio com oportunismo. — Duas vezes por semana, ela estuda inglês com o senhor.

— Fechado! — confirmou o Pastor Ravi.

Sr. Antônio respirou aliviado. Já estava cansado de tanto ouvir Juliana reclamar que queria fazer um curso de inglês, que não tinha dinheiro, *que queria um curso de inglês, que queria um curso de inglês...*

Nos domingos, o compromisso era com as aulas dominicais no povoado de Água Boa, nas terças-feiras, o encontro era no povoado de Monte Alegre. Juliana gostava mais das aulas dominicais porque tinha uns seis rapazes que não tiravam o olho dela. O fato de saber que estava sendo desejada, dava-lhe uma sensação, embora precoce, de intenso prazer.

Nesses encontros, a preocupação do Pastor Ravi não se limitava simplesmente à integração dos crentes ao Evangelho. Ainda que muitos jovens só aparecessem por causa de Juliana, além das aulas de catecúmeno, devidamente preparados pelo Pastor, havia também revisões de questões da educação básica, oferecendo um conteúdo curricular bíblico, mas priorizando o desenvolvimento da leitura e da escrita dos alunos. Para muitos meninos e meninas, esse era o único verdadeiro momento de aprendizagem.

Na quartas e quintas-feiras, como tinha prometido ao sr. Antônio, Pastor Ravi passava com Juliana algumas lições avançadas de inglês. Mas ela não perdia a oportunidade. Sempre que o momento permitia, indagava o Pastor de um modo mais íntimo, mais tentador. Ela não estava lá apenas por amor a Deus, tinha seu intento e desejava alcançá-lo. Porém, sentia-se grata por participar daquela oportunidade. Tinha a plena consciência de que as aulas dominicais representavam, para aquelas perdidas almas, presas à corrente do destino, a descoberta de um mundo mágico, totalmente desconhecido. Para ela, a vida nos povoados significava literalmente um beco sem saída. Ninguém teria, sem muita sorte, uma chance de se desprender daquele mundo e virar a página da vida, para um capítulo mais promissor.

Foi assim que, pela primeira vez, Juliana contrariou diretamente a dona Conceição. Com todos reunidos, para um almoço de graças e louvor.

— Esses meninos não precisam aprender a escrever bem. Vale mesmo é a obra da fé, o discipulado e a evangelização — disse dona Conceição.

— Que nada! — retrucou Juliana. — Vale alguma coisa crescer na fé e morrer na miséria?

— Logo você, Juliana? Não achei que pudesse discordar da palavra de Deus — disse dona Conceição indignada.

— A palavra de Deus está na Bíblia. Não na sua boca — Juliana respondeu com má-criação.

— Realmente — interveio o Pastor Ravi , com espírito de apaziguamento —, a nossa missão é ensinar a Palavra, a superação do espírito de miséria e um pouco mais de dignidade.

Foi o suficiente para o pastor notar que o jeitinho de Juliana não era apenas de pura, meiga e inocente menina. E não demorou a comprovar, efetivamente, na própria pele, de que ela pensava com a malícia de um adulto.

Nas aulas de inglês, as intimidades e atrevimento só aumentavam. A atitude dela não provocava maiores incômodos, o que ainda mantinha o pastor tranquilo, porque Juliana não ousava a ponto de dirigir qualquer palavra atrevida na frente de um estranho. Perante os fiéis da Igreja, nem parecia que Juliana passava a semana toda com o Pastor Ravi, continuava representando a figura de moça pudica.

* * *

Na quinta-feira, as aulas começaram um pouco mais tarde. O pastor tinha ministrado dois cultos na cidade mais próxima e demorou a chegar. Juliana estava decidida, aproveitaria o clima da noite e faria uma abordagem mais direta.

O Pastor lia versos de Shakespeare em voz alta, para ela repetir.

But my true love is grown to such excess
I cannot sum up sum of half my wealth

Ela foi se levantando e chegando cada vez mais perto, repetindo a mesma frase – *but my true love is grown to such excess* — até que seus peitos arrebitados encostaram-se ao queixo de Ravi, repetindo, *but my true love is grown to such excess*. O Pastor, um pouco assustado, quase não resistiu ao perfume de uma mulher em plena mocidade; tamanha tentação para um homem de cinquenta e cinco anos. Ele ficou intensamente vermelho e disse, num suspiro, com voz desfalecente:

— Minha filha, você é nova e cheia de curiosidades. Mas a minha idade não permite mais desaforos. Não quero enfrentar as iras de Deus.

— Por acaso não sou mulher?

— Uma linda mulher. Não para mim — respondeu Ravi calmamente.

Mas ela não se conformou. Levantou a blusa e, de rompante, pegou uma das mãos do pastor e a colocou sobre seus seios.

— Minha filha, que Deus guie teus caminhos — disse Pastor Ravi com ternura, enquanto deslizava as mãos para baixo. — Amanhã, vamos ler Hamlet. Acho que a escolha de hoje não foi boa.

A tentação do diabo aparecia em momentos inimagináveis, até nas palavras e meiguice de uma adolescente.

— Se pureza não é pecado, por que não me faz mulher? — perguntou Juliana, numa mistura de poesia e safadeza.

— O homem não vive só da carne — o Pastor Ravi começou a evangelizar —, pois ainda que todo o prazer seja me dado, devo temer ao meu Senhor e só a Ele dar culto.

Juliana não respondeu mais nada e, naquele mesmo jeitinho herdado do pai, saiu de mansinho. Tinha inteligência suficiente para saber que o momento era de retirada. Pastor Ravi, por sua vez, recolheu-se para o quarto e começou a orar, pedindo a Deus que orientasse o futuro de Juliana, repetindo quase sempre a mesma frase:

Refrigera a minha alma!
Refrigera a minha alma!
Refrigera a minha alma,
e guia-me pelas sendas do amor e da justiça!

* * *

De manhã, sentada à mesa, Juliana sentiu alguma coisa estranha. Levantou o rosto em sobressalto e notou que, de longe, o pai a observava. Reparou no olhar desconfiado e ardente de sr. Antônio, mas tentou permanecer fria, fingindo não saber o motivo.

— Responde sem mentir — pediu-lhe, em voz branda, o velho camponês, enquanto sua mão pausava sobre o braço da filha.

— Responde-me sem mentir, se ainda tens amor por este pai — voltou a perguntar. — Arrumaste algum namorado pelas bandas do povoado?

— Nunca falei com nenhum moço na rua, meu pai — respondeu Juliana, com aquele típico ar de envergonhada.

— Mas tem algum pretendente? Alguém fez alguma proposta indecente? — o pai endureceu a voz.

— Nunca! Nunca! O senhor sabe que eu só tenho olhos para Deus — disse ela, com um arzinho hipócrita muito próprio, mas que no fundo enganava a alma do velho Antônio.

— Por que chegou tão tarde?

— O pastor demorou. Ele estava em Santa Luzia. Chegou muito tarde — justificou-se.

A conversa parou. Ouviram alguém batendo à porta. Sr Antônio foi acudir, saber quem era.

— Entre, pastor. É bom ver o senhor logo pela manhã.

Juliana estremeceu. Falando no diabo e quem tinha aparecido? Correu, pegou sua mochila e se aprontou para sair rapidamente.

— Pai, eu já tou indo.

— Não vai terminar seu café?

— Estou sem fome. Tenho prova, quero chegar cedo.

Saiu cabisbaixa, nem sequer cumprimentou o pastor. *Se ele contar, invento uma mentira*, calculou.

— Juliana aprontou alguma? — perguntou sr. Antônio, logo que a filha se afastou.

— O senhor adivinhou. É sobre ela que quero conversar.

— Tem algo de errado? — o velho ficou preocupado.

— É que ela está crescendo. Já aprendeu muita coisa — disse o pastor.

— Eu sei — sr. Antônio respondeu aliviado. — Graças ao senhor, ela aprendeu muita coisa nova.

— Ela precisa ter condições de crescer mais e, quem sabe, fazer uma faculdade — completou o Pastor Ravi.

— Seria um sonho, pastor. Só que eu não tenho condições.

— Na Cidade do Oeste ela teria melhores condições — sugeriu o pastor, como quem não quer nada.

— Os filhos do prefeito estudam por lá. Mas eu não tenho as mesmas condições — reclamou o pai.

— Eu conheço uma boa família, muito temente a Deus — disse o pastor. — Estão procurando uma moça decente e bem educada.

— Minha filha vai trabalhar para eles?

— Não, é só para fazer companhia à senhora Duarte. O marido é um médico conceituado, viaja muito — explicou o pastor.

— Se for bom — disse sr. Antônio incrédulo.

Pastor Ravi explicou os outros detalhes, pediu licença e saiu, pois estava na hora de preparar a celebração do meio-dia.

Quando Juliana chegou da escola, sr. Antônio contou a novidade.

— Sabe, filha, acho que é uma boa oportunidade.

— Não vou deixar o senhor sozinho — protestou Juliana, com ares de indignação.

— Não tem problema. Eu sou daqui mesmo. Não tenho mais esperanças. Mas você não! Precisa aprender mais, fazer uma faculdade — Sr. Antônio respondeu com autoridade.

— Vou receber alguma coisa ou vou ser apenas escrava de uma família rica? — Juliana questionou contrariada.

— Conversei tudo com o pastor. Você não vai ser uma empregada. É para fazer companhia ao casal. Mas — completou — ainda assim vão lhe dar uma mesada de quatrocentos e cinquenta reais.

— Agora melhorou. Não é que me importo com o dinheiro — justificou-se sorridente —. mas é que sem receber nada não teria como visitar o senhor sempre

— Então está combinado. Amanhã converso de novo com o pastor e ajeitamos os detalhes da viagem — finalizou o pai.

— Sua vontade será sempre a minha, pai — disse Juliana, dirigindo-se para o quarto.

Ela não conseguiu pegar no sono. Ficou pensando na nova oportunidade. Afinal, a investida contra o pastor não tinha sido infrutífera. Possibilitou, pelo menos, a chance de morar numa cidade grande. *Graças a Deus*, pensou. Já estava cansada das carolices da dona Conceição, das aulas idiotas das professoras do colégio, daqueles papos enfadonhos com as *coleguinhas* do bairro.

— Graças a Deus! Graças a Deus! Graças a Deus — repetiu novamente e começou a rir bem baixinho.

Sabia que o pai poderia estar ainda acordado. Ela não queria transparecer, ao menos para ele, de que na verdade estava muito feliz pela chance de abandonar aquele fim de mundo. Agradecia a Deus, mais por hábito do que por sentimento de gratidão. Para Juliana, tudo só aconteceu porque teve a absoluta coragem de tentar seduzir o pastor. *Quem sabe*, ficou pensando, *o pastor sentiu que da próxima vez não seguraria a tentação*. Estaria de vez longe daquela vida miserável e ainda recebendo uma mesada. *O casal também era crente, mas gente de grande centro é sempre mais liberal*. Ficou maquinando coisas, umas lógicas, outras sem sentido, até que o sono tomou conta de seu corpo e adormeceu. O relógio marcava quatro horas da manhã.

Acordou péssima. Negras e enormes olheiras tomavam conta de sua face. Quase não dava para perceber aquele brilho característico de seus olhos.

— Minha filha, você está horrível. Parece que não dormiu nada — exclamou sr. Antônio.

— É verdade, pai, chorei a noite toda. Só de pensar que vou ter de deixar o senhor aqui... Isso me abalou profundamente — respondeu Juliana.

— Fique tranquila. Tudo vai ser para o seu bem — consolou o pai.

Esforçava-se para fazer uma cara de tristeza, contudo, estava muito excitada com a ideia. Sabia que a sua vida tomaria um novo rumo, e torcia para que fosse o mais rápido possível. *Nada poderia ser pior do que aquele fim de mundo.*

Capítulo 3

Era até de estranhar a falta de movimento naquela tarde. O telefone tocou e, por alguns segundos, Victor hesitou em atender, temia tratar-se novamente de alguma surpresa desagradável ou de mais algum outro pretendente a virar sua vida do avesso.

— Não, Deise, eu mesmo vou lá.

O convite veio a calhar. Toda essa confusão estava deixando sua mente confusa demais. Precisava urgentemente ouvir os conselhos do sócio e amigo. Levantou-se com certa moleza, esticou-se um pouco e, antes de dar o primeiro passo, aguardou o sangue recomeçar a circular normalmente pelo corpo.

— Ainda bem que tenho uma cadeira confortável — murmurou em solilóquio.

Entrou sem bater. Herbert permaneceu inclinado, totalmente absorvido pela leitura de um artigo sobre a elisão fiscal.

— Qual é o problema? — perguntou Victor.

— Querem transformar tudo em sonegação.

— Não, o que você quer conversar?

— É mesmo, foi mal — desculpou-se Herbert, sorrindo. — Chamei você porque estou preocupado com aquele caso criminal.

Do começo não liguei muito, mas a Deise disse que você já recebeu aquele velho aqui mais de uma vez. Eu...

— Ainda não decidi nada — respondeu Victor, sem deixá-lo terminar.

— Não acho que tenha algo a decidir. Sabe do nosso sucesso na área tributária. Pegar um caso criminal só vai prejudicar os negócios.

— Vai me dizer o que fazer?

— Não estou lhe dizendo o que fazer. Você não tem escolha. Sei que não vai pegar o caso. É muito simples, quer largar o direito tributário para defender criminosos? — perguntou Herbert, um pouco chateado.

— Não precisa ser assim — se justificou Victor. — É só uma moça sendo acusada injustamente. Eu devo favores ao pai dela. No mínimo, deveria retribuir o favor.

— Você deve estar louco! — respondeu Herbert, com ânimos exaltados. — Sinto muito pela inocência da moça, mas acho que esse Antônio quer aproveitar de sua boa vontade.

— Então acha que um inocente deve ficar na cadeia?

— Quem lhe disse que ela é inocente? — replicou Herbert.

— Esqueceu do direito? Todo mundo é inocente antes da sentença — disse Victor, contrariado.

— Que se lixe! Pense em você. O que ganharia com a advocacia criminal?

— Não sei. É como se o dever me chamasse — Victor tentou desabafar.

— Dever? Deixe isso para os vermes. O processo penal não é mais que uma escola de descivilização — respondeu o sócio, sem nenhuma complacência.

— Como homem de bem, não posso apenas olhar do alto os gladiadores, como se não fossem meus irmãos.

— Deixe a poesia de lado, companheiro. Coloque os pés no chão. É o melhor que pode fazer — Herbert bancou o conselheiro.

Victor levantou-se, ameaçou sair da sala, mas seu corpo cambaleou um pouco. Segurou-se para não cair. Sabia que não deveria colocar a banca a perder, mas não permitiria que alguém definisse as suas escolhas.

— Desculpe, Victor. Acho que exagerei.

A astúcia de Herbert não demorou em notar que a conversa não tinha surtido o efeito desejado. A ação tinha sido brusca demais e a personalidade de Victor não permitia esse tipo de abordagem.

— Eu é que estou um pouco irritado ultimamente — disse Victor, tentando disfarçar a raiva.

— À noite, que tal se distrair um pouco?

* * *

Os dois amigos se encontraram por volta das dez horas, no bar do cais. Não era o tipo de local que ganhava a preferência de Herbert, mas foi escolhido propositalmente. Queria um lugar descontraído, ao ar livre, longe das amarras formalísticas, para tentar convencer Victor.

O local estava ainda vazio. No fundo, ouvia-se a doce melodia de um chorinho que, em volume moderado, circundava o ambiente. Com alta maestria, a execução estava por conta do próprio dono do bar. Duas moças atendiam. Uma chamava mais atenção, não pela beleza ou graciosidade, mas pelo mau humor estampado na cara, como se estivesse submetida a trabalhos forçados. A contar pela simpatia das atendentes, era fato que os clientes habituais frequentavam o lugar mais por amor à tradição do que pelo atendimento.

— Nóis também semo povão — disse Herbert.

— Menos, colega. Menos — acautelou-o Victor, sem achar graça na brincadeira.

46

— Está bem, a gente não veio discutir.

Herbert sabia que ainda não era a hora. Esperaria até o momento ideal, talvez três, quatro, seis ou dez cervejas depois. O tempo não importava, o mais importante seria fazer a abordagem correta e convencer o sócio a esquecer aquele caso.

Depois de várias rapsódias e incontáveis copos de cerveja, Herbert começou sua reflexão provocativa.

— A toga do criminalista tem algum valor?

— Vale o mesmo para toda a advocacia. Luta por justiça — respondeu Victor.

— É a ralé da advocacia. Aquele que se posiciona no mais baixo escalão da justiça, a pedir para ser humilhado, sujeito ao juiz, como está sujeito o acusado — disse Herbert, em tom poético e retórico.

— O criminalista suplica por liberdade. Sem liberdade não há direito — retrucou Victor, sem querer perder a contenda.

— Por acaso, a súplica é uma virtude?

A intenção era muito simples: evidenciar os efeitos de uma decisão pró-defesa de Juliana. *Por que largar o Direito Tributário, ainda que por apenas algum tempo, para se dedicar ao mais vil dos direitos: a defesa de uma assassina?* Nos tributos não havia perder ou ganhar e, sim, maior ou menor compensação.

— Você sabe que não há exposição pessoal nos tributos. Não há desgaste emocional —ponderou Herbert com seriedade.

— Eu não quero o caso. Não quero o caso — disse Victor, balançando a cabeça para cima e para baixo, como se desmentisse a própria afirmação.

— Eu sei que a culpa pesa sobre suas costas — respondeu Herbert, lendo a fisionomia do sócio. — Mas não deve sentir remorsos, é um vitorioso. Você não deve nada a ninguém. Não tem que retribuir.

— Para ser sincero, estou muito confuso — desabafou.

— Seja racional, não se envolva diretamente no caso — Herbert colocou uma das mãos sobre o ombro do colega e, em claro sinal de apoio, disse — como seu amigo não vou permitir que uma consciência estúpida leve você a jogar tudo a perder. A repercussão é muito negativa. Ela só espera a condenação. Advogados pensam, calculam, não se emocionam.

Advogados pensam, calculam, repetiu Victor mentalmente, tentando se convencer dos argumentos do sócio, porque, racionalmente falando, sabia das complicações do caso. Juliana era acusada de assassinar a esposa de um dos mais influentes médicos da cidade e, pior do que isso, uma amiga da maioria dos melhores clientes de H. & H. Advogados Associados. A emoção seria, com certeza, um inimigo dos negócios. Herbert tinha razão, *o processo penal tratava, sem dúvida, de uma grande praga.*

O que o advogado faz na área criminal? Pede, implora. Pede justamente aquilo que sabe ter direito o réu para, entretanto, ter a certeza de que será negado. *Por que ajudar? Como ajudar?* Victor ficou pensando por um bom tempo. E quanto mais pensava a respeito, mais sentia nojo de tudo. Tinha sucesso financeiro, tinha reconhecimento, *por que deixar se levar por um crime?* De repente voltou suas recordações para Riachão. *Que se dane o amor pelo Direito, pela defesa, pela maluquice de pretender defender alguém*, concluiu.

Lembrar de Riachão era pior que um pesadelo, pois acordado. Um pequeno escritório, uma mesa, um tanto ou quanto desgastada, e quatro cadeiras. Casos quase sempre mal remunerados, não só pela falta de condições econômicas dos clientes, mas porque Victor tinha dificuldade em cobrar dos pobres. Sentia certa aversão àqueles profissionais que, sem se importar com o pão de cada dia dos parentes dos presos, exigiam uma avultosa quantia, mesmo que às custas da venda da única casa, a prostituição de uma filha ou incidência em mais crimes.

Mal remunerado, o martírio não terminava por aí. Nas Delegacias, tinha que se livrar ainda dos "urubus", maus servidores da justiça que, ávidos pela nova carniça, o réu, ou vinculavam o cumprimento de qualquer diligência ao pagamento de propinas ou, então, passavam as longas horas de serviço tentando convencer o preso a mudar de advogado. E assim exerciam o patrocínio também de outros maus profissionais, os quais sujeitavam seu nobre ofício ao pagamento de grande parte dos lucros a esses corruptos agentes que circundam nossas instituições e desonram os verdadeiros policiais, homens de bem que colocam suas vidas em risco em defesa da sociedade. A melhor polícia está nas ruas, ajudando o cidadão, perseguindo bandidos, desvendando crimes. Ela não se sujeita à pobreza do cárcere, despindo ainda mais o desventurado e seus patronos.

No Fórum, o martírio continuava. Criou-se no Direito Processual Penal Brasileiro um instituto único e *sui generis*, cuja similitude não se encontra em lugar nenhum do mundo. Trata-se do chamado "concluso para despacho", a pura expressão de uma dialética paradoxal. É a conclusão que não conclui. Representa um estado de espera, como que uma pausa processual, aguardando o que não haverá de ser concluído. O "concluso para despacho" é a conclusão sem resposta; é um aguardar o que não se resolverá; é finalizar o início do que espera insaciavelmente ser terminado; é prosseguir-se para o fim sem sair do lugar.

Há processos que ficam anos e mais anos no letárgico estágio de "concluso para despacho". Nas cidades pequenas do interior, o cartório criminal não fugia à regra. Sem súplicas, rogos sucessivos e algum dinheiro no bolso, nenhum criminalista, por mais competente que fosse, conseguia fazer o processo sair do nobre *status* "concluso para...".

A balança pesava indiscutivelmente em prol dos argumentos de Herbert. Ele sabia bem, o mundo é feito de escolhas. Estas podem decidir para sempre o rumo da nossa vida. A própria história demonstra que não é o mais justo, nem o mais agradecido, nem o mais caridoso, quem vence ou é reconhecido como o vencedor.

— Quer seguir Napoleão? — perguntou Herbert.

— Mas Napoleão foi um vencedor — Victor respondeu na medida. — Seguindo seu coração, conseguiu se escapar da Ilha de Elba.

— Mas não teve um fim vitorioso — retrucou o colega, de modo implacável.

Victor ficou novamente em silêncio. *Por que não ponderar?* Tivesse Napoleão, naquele momento de fuga, decidido de outro modo, talvez mais racional, esquecendo a França, não reconduziria as suas tropas para, no fim, definitivamente, ser expatriado para Santa Helena.

Aceitar defender Juliana, seria para Victor loucura maior do que a de Napoleão? Mais do que um retorno à terra do passado, seria um retorno à terra do infortúnio, ao reverso do que fez Napoleão, quem voltou na tentativa de restaurar sua glória. O favor não tem retribuição, jamais. Mas poderia ao menos servir como símbolo de compensação pelo que sr. Antônio fez pelo pai moribundo. Afinal, Napoleão só era e ainda é Napoleão pelo que fez, independentemente do mérito dos resultados. Contudo, diferente de Juliana, seus resultados, só dependeram dele mesmo.

Grande balela a norma de que *ninguém será considerado culpado antes mesmo do trânsito em julgado da sentença penal condenatória.* Diz-se tratar de dogma de fé, condição hipotética prévia que impõe a sua aceitação, sem reservas, por parte do sujeito que labuta na esfera penal. *Mas fé de quem?* A hipocrisia social é impressionante. Ninguém seria considerado, culpado publicamente, pelo ato final do Estado, antes mesmo da sentença. Mas, na pura realidade, o indiciado já é culpado, já está previamente selecionado e marcado. Só aguarda, no teatro do processo, a hipocrisia formalizada, o ato pelo qual, chamado sentença, será considerado culpado. Ninguém será oficialmente declarado culpado, mas já o é desde o primeiro indiciamento. Não há como saber se é mais hipocrisia do que cinismo, porque, no fundo, bem no fundo, é a vanglória da nossa própria falta de vergonha, um fingir viver no que sabemos não existir. Sinceramente, Juliana não tinha chance.

* * *

Victor acordou muito mal. Por pouco não conseguia se levantar, considerável a dor de cabeça que sentia, provocada provavelmente pela falta de água no corpo.

— Bom dia, dona Deise.

— Bom dia, doutor. Hoje está um dia lindo — respondeu a secretária, entusiasmada.

— Pegue com o Herbert a pasta da operação IOF.

— Ele ainda não chegou. Avisou que só vai aparecer à tarde.

— E o James, cadê?

— Passou no Fórum. Disse que ia verificar a movimentação dos processos.

— Já vi que hoje vou ficar sozinho — disse Victor, como que se lamentando.

— Mas estou aqui, doutor. A minha presença não conta? — a secretária perguntou, esboçando um tímido sorriso.

— Que tal fazer alguma coisa mais útil? — ele rebateu com uma dose de grosseria.

Não estava com cabeça nem paciência suficientes para suportar as tímidas investidas da secretária, que em momentos sutis sempre tentava demonstrar de que se encontrava ao dispor, voluntária incondicional a servir de ombro amigo.

— Faça o seguinte, ligue para o sr. Antônio e peça para ele vir aqui.

— Para quando, doutor?

Victor não respondeu. Caminhou-se para sua sala, entretendo-se a mirar o quadro de Hélio Oiticica, que há pouco tempo mandou colocar na parede. Mas, sem jeito, o caso de Juliana voltava a perturbar a sua mente, tornando inútil qualquer tentativa de relaxamento. Definitivamente, teria que dar um basta nisso, sob pena de começar a prejudicar os negócios.

— Que susto, Deise, por que não bateu antes?

— Não voltará a acontecer — a secretária desculpou-se envergonhada.

— Falou com o velho?

— Ele disse que só pode vir às quinze horas.

Victor ficou o resto da manhã em sua sala, enrolando o tempo, na vã tentativa de vê-lo passar mais depressa. Mas não conseguiu sequer controlar a ansiedade, e cada minuto se transformara em eternidade.

— O doutor não vai almoçar? — perguntou dona Deise, bem depois das doze horas.

— Desculpe-me, Deise. Achei até que já tinha saído.

— É que podia precisar de mim e... — ela tentou se justificar, com medo de uma nova repreensão.

— Pode ir. Eu não estou com fome — ordenou.

O que Victor estava tentando fazer? Martirizando-se por causa de uma reles culpada, cujo ato brutal e injustificado, sabe-se lá por que motivo, demonstrou absoluta, ingrata e fria falta de consideração pela vítima, quem, gratuitamente, acolheu-a no íntimo de seu lar. *Advogar tem limites!* Pareceu até ouvir Herbert gritando em seus ouvidos. *Não permitirei que o direito à defesa macule o respeito pelo ser humano. Não permitirei que o dever de proteção jurídica, em litisconsórcio com a traidora maldade, aja em prol da impunidade.*

Assim como na manhã, ficou esperando a tarde toda, Sr. Antônio não apareceu. Sem fome, sentia-se aturdido ao assumir a *mea* culpa.

Renunciar a defesa de Juliana tinha o sabor de uma segunda fuga, um segundo abandono, um sinal de repulsa ao reencontro com sua origem, seu passado. Victor não queria tomar uma decisão e culpar-se pela frustração o resto da vida. Uma estranha sensação de arrepio, leve e aterrorizante passou pela sua espinha, tinha perdido o controle da situação, e mal poderia adivinhar o desenrolar de seu futuro profissional.

Não conversou com mais ninguém. Pegou sua pasta e foi direto para casa. Precisava dormir um pouco e, quem sabe, no dia seguinte, acordar longe de tudo isso.

* * *

O sábado amanheceu tão chuvoso que parecia o dia do dilúvio. Não havia muita opção. Victor pegou o telefone e discou. Ligou para James, queria continuar aquela partida de xadrez.

— *Faz tempo que a gente não joga. Já estou indo* — disse James do outro lado da linha.

— Ótimo! — respondeu Victor, animado.

E não tardou. Em menos de cinco minutos, James já estava à porta. Depois de um café preto bem forte, preparado na hora, montaram o tabuleiro na varanda e começaram a partida.

— O que decidiu sobre o caso da filha de sr. Antônio? — perguntou James.

— Por que todo mundo está interessado?

— Calma, eu só fiquei curioso — se desculpou James.

— Já me basta o Herbert.

— Perguntei por perguntar.

— Então fique de boca fechada e jogue! — retrucou Victor.

— Eu só acho que a indecisão não combina com você.

Victor estava atento, sentiu no falar de James uma sutil intenção não revelada, mas não captou o motivo da insinuação. Protegeu a dama do ataque lançado por um dos cavalos de James, e perguntou:

— O que quer dizer?

— A vida é igual ao xadrez. Você está muito na defensiva — respondeu James, em tom amigável.

— Herbert tem razão. Não posso perder o que já tenho.

— Mas é advogado. Fez um juramento. Não pode ficar inerte.

Victor fitou-o por alguns segundos e, depois, voltou os olhos para o tabuleiro, abrindo espaço para o pequeno roque, na clara intenção de proteger o rei.

— Eu sei que o seu coração é bom — em tom de súplica, James continuou falando. — Sei que não tomará nenhuma decisão capaz de prejudicar a moça.

— Você a conhece? — perguntou Victor, incomodado.

— Fui uma vez na Delegacia com o sr. Antônio. Ela me pareceu inocente.

— Por que não falou comigo ou com Herbert? — se indignou Victor.

— Vocês concordariam?

— Cuidado, jovem — advertiu Victor. – As pessoas são como os bispos do xadrez. O branco jamais se encontrará com o preto.

James protegeu seu peão avançado e resmungou apreensivo, com medo da reação do chefe:

— Prefiro enxergar diferente.

— Diferente como? Vai querer mudar as regras?

— Não, amigo e mestre, prefiro ver pela ótica dos peões. Sem muito valor, mas podem decidir a partida.

— São poucos os peões que têm a chance de se coroarem.

— Mas vai impedi-los desse sonho, sem ao menos tentar a jogada certa?

— Não é isso — respondeu Victor, contrariado. — Só não quero estragar o meu jogo por causa de um palpite.

— Doutor, eu vejo como uma grande jogada — James falou como um visionário. — A chance de acreditar na advocacia militante. Nada mais digno do que o esplendor da tribuna.

Victor ficou pensativo, pois James ameaçava xeque-mate em dois lances. Tentou encontrar uma linha defensiva, sem sucesso. *Será que tudo estava perdido?* Lembrou-se das palavras de Rui Barbosa: *não ser baixo com os grandes, nem arrogante com os miseráveis. Servir aos opulentos com altivez e aos indigentes com caridade.*

— Será que dinheiro é tudo? — perguntou James, lendo a sua mente.

Victor preferiu não responder. James era muito novo para entender a vocação criminal, o eterno sacerdócio da súplica. Mas tinha razão. Por mais brutal e selvagem que fosse a Juliana, também ela pertencia à espécie humana, também ela merecia a necessária atenção de um bom advogado. Não se tratava apenas do quanto iria ganhar ou perder, nem da gratidão ou ingratidão para com a eterna dívida de seu pai, mas, sobretudo, da fé no homem, do compromisso em fazer cumprir seu juramento profissional.

— Sempre tentei me manter fiel aos ideais da justiça — disse, tentando consolar a si próprio.

— Não custa saber um pouco mais do caso — implorou James.

— Não entendo seu interesse. Mas vou passar na delegacia, talvez dê um basta nisso tudo.

Mal imaginava Victor que muito ainda faltava por vir. Da missa, não sabia a metade. Tudo parecia simples demais: um homicídio, uma jovem mulher presa e uma família influente como vítima. Fosse apenas isso, Juliana estaria no lucro.

Nem deixou para segunda-feira. Logo que James foi embora, pegou o carro e foi conversar com o delegado, Dr. Iron Prestes, na ânsia de saber os meandros do caso e a verdadeira situação de Juliana.

Capítulo 4

25 de março de 2005, sexta-feira, por volta das 17 horas, Juliana chegou com o pastor ao portão da casa da família Duarte. Por fora, não se podia ver nada, apenas os elevados muros brancos que cercavam toda a residência e algumas palmeiras, propositalmente plantadas em locais estratégicos, com vista a evitar o excesso de calor no interior da casa. Tão imponente e assombroso que até mesmo o pastor se hesitou um pouco, antes de tocar o interfone.

— *Quem é?* — veio a doce voz, lá de dentro.

— Sou eu, Pastor Ravi.

O silêncio e o nervosismo tomaram conta do corpo de Juliana. Mas, por sorte, não demorou muito e uma porta lateral logo se abriu. Sobre a soleira, apareceu a figura de uma mulher de uns 46 anos de idade, morena, cabelos longos, muito bem tratados, uma face marcadamente europeia, embora com alguns sinais de envelhecimento, quase desapercebidos, não fosse a acuidade feminina. Os olhos, muito negros, aparentavam certa tristeza, mas misteriosamente lindos. Pelas roupas, afrontosamente finas, comparadas com a vestimenta de Juliana, não havia dúvida, tratava-se certamente da senhora Duarte.

Confirmando-se a suspeita, com a rápida apresentação de ambas pelo Pastor Ravi.

— Seja bem-vinda! Entrem, por favor — fez o convite com a voz mais cândida que alguma vez Juliana ouvira na vida.

Todos seguiram dona Atenéia, passando por ampla área ajardinada e, depois, pelo *hall* de acesso à parte principal da residência. Tratava-se, sem dúvida, de uma magnífica mansão.

A caminhada só parou quando chegaram à sala de estar, cujo tamanho ultrapassava de longe toda a casa do senhor Antônio. Acomodaram-se num sofá de veludo super luxuoso, pés cromados e, o mais importante, de inigualável conforto.

— Deseja tomar alguma coisa, Pastor Ravi? — perguntou dona Atenéia, novamente com espantosa cortesia.

— Não, obrigado.

— Então, fique à vontade. Eu e a menina Juliana vamos dar uma volta pela casa. Ela precisa conhecer o novo lar.

— OK, fico aguardando.

— Ao lado, tem algumas revistas. Se quiser ler um pouco.

— Não se preocupe, estou bem.

Juliana não fazia ideia da dimensão daquela casa. Tinha ainda uma sala de jantar enorme, cuja grandeza metia medo na pobre menina de Riachão. A cozinha americana, como explicou dona Atenéia, foi construída num estilo mais moderno por uma questão de praticidade e economia de tempo. *Cozinha não é lugar de sofisticação*, foi o que disse. Na ampla sala de lazer, chamada pela senhora Duarte de *Studio Center*, Juliana passou a entender o verdadeiro conceito de *Home Theater*. Mas quanto mais caminhava, mais se perguntava da necessidade de tanto espaço para apenas duas pessoas. Faltava ainda conhecer as cinco suítes, além de mais dois quartos para empregados, que jamais foram utilizados, e uma ampla sala de ginástica.

— Logo você se acostuma — disse dona Atenéia sorrindo.

Juliana apenas fitou-a com um ar de espanto.

— Hoje já acho que merecíamos uma casa mais confortável — completou a senhora Duarte.

— Deus seja louvado — foram as únicas palavras de Juliana, antes de voltarem para a sala de estar.

O Pastor Ravi se desculpou por não poder ficar mais e pediu licença para se retirar. As duas mulheres foram acompanhá-lo até à porta.

— Fique tranquila. Está em boas mãos — disse o pastor dirigindo-se à menina.

— Muito obrigada, pastor — agradeceu Juliana.

— Não há de quê. Qualquer coisa, sabe como me encontrar.

— Tem certeza de que não quer ficar? — indagou a senhora Atenéia, em tom de insistência.

— Obrigado, mesmo. Fica para a próxima.

Assim, as duas mulheres voltaram em silêncio para a sala.

— Ah!, já ia me esquecendo, você pode ficar em qualquer uma das suítes, menos a primeira, que é o nosso quarto preferido.

— Agradeceria muito, se pudesse tomar um banho — disse Juliana.

— Fique à vontade, enquanto vou preparar o jantar. Só não se atrase, serviremos às oito — explicou dona Atenéia, enquanto Juliana deslocava-se pelo corredor, carregando sua mala.

Gente estranha, pensou. Numa casa tão grande, não havia um só empregado, além de uma diarista encarregada da limpeza, quatro dias por semana, e uma esporádica jardineira, que quase ninguém via. Mais tarde saberia também que o casal costumava trocar a cada dois meses de quarto, para tentar sair da triste monotonia que assola os casais depois de certo tempo. *Casal estranho mesmo!* Repetia em solilóquio.

Por volta das sete e vinte da noite, Juliana desceu para a sala de jantar. Foi apresentada pela esposa ao doutor Agamenon Duarte. Um homem de estatura baixa, quase careca, cujo penteado demonstrava a clara intenção de esconder, sem sucesso, a calvície precoce.

— Muito prazer. Você é linda! — elogiou o médico, com um amplo sorriso no rosto.

— Obrigada. O senhor é que é gentil — foi a resposta de Juliana, com meiguice exagerada e, convenhamos, uma pequena dose de malícia.

— Não quer se trocar primeiro? — intrometeu-se dona Atenéia, dirigindo-se à moça.

— Por quê? Tem algo de errado com meu vestido?

— Sem ofensa. Aqui nós jantamos de modo decente.

— Por acaso minha roupa é indecente?

— Calma, Juliana! — intrometeu-se o doutor Agamenon para apaziguar os ânimos. — A pobreza é um mal infligido pelos demônios. Portanto — complementou o médico com sabedoria —, se Deus está conosco, nada mais certo do que vestir a melhor roupa para louvar a refeição.

Nisso, Juliana observou que os tristes e lindos olhos negros da senhora Duarte se transformaram, pareciam profundamente ameaçadores. Era como se alguém, de repente, tivesse ameaçado-a de tomar tudo que lhe pertencia.

— Desculpem — disse um pouco constrangida —, eu não tenho roupas melhores.

— Não se incomode — respondeu dona Atenéia, procurando remediar a situação —, amanhã vamos comprar umas peças novas.

— Vamos para a mesa! — ordenou doutor Agamenon.

Era muita sofisticação de uma só vez para a cabeça de Juliana. Logo ela, que se julgava tão especial, tão superior às demais pessoas que conhecia. Desdenhava-se de Deus porque se julgava acima dos planos que Ele tinha guardado para ela. Mas, sentada ali, naquela mesa, sentiu fugir a autoconfiança. Pela primeira vez, vivenciou um sentimento de pequenez, uma inferioridade sem tamanho, que jamais experimentara.

— Sabe o que nós vamos comer hoje? — perguntou dona Atenéia.

— Parecem caramujos — disse Juliana, com certa repugnância.

— Seria esperar demais. São *escargots*.

— Mas parecem caracóis — teimou Juliana, com voz abafada.

— Pode ser caracol, mas é francês. É comida para gente de verdade — disse dona Atenéia com insolência.

— E eu não sou gente? — retrucou Juliana.

— Calma, logo se acostuma — disse doutor Agamenon com gracejo.

Acostumar-se como? Aquela mesa estava deixando Juliana mais confusa ainda. Para que um garfo de apenas duas pontas? Por acaso não serviria o de quatro pontas? Estava com fome e curiosa em conhecer o sabor daquele prato, que lhe parecia tão exótico, porém, receosa de tocar primeiro nos pratos e não saber o que fazer.

Não queria achar maldade no casal, afinal, eles resolveram acolhê-la de livre e espontânea vontade. Mas lhe parecia enxergar, talvez pelo acanhamento que todo pobre carrega na alma, uma leve intenção da senhora Duarte querer provar, quem sabe a quem, o quão bárbara, inculta e rude era ela. Como se servir? Com a concha ou com o garfo? Perguntou-se em silêncio, sem se atrever a manifestar qualquer movimento.

Depois de uma prece, doutor Agamenon serviu um requintado vinho tinto para todos. Juliana foi meio relutante, e logo ficou convencida pelo médico que explicou tratar-se da bebida de Cristo. Uma singela homenagem obrigatória, vez que reunidos em nome do Senhor.

— Xi! Você se esqueceu de pegar os pratos...

— É verdade. Juliana, pegue lá na cozinha, terceiro armário — completou dona Atenéia, sem deixar o esposo terminar.

Isso sim, Juliana sabia fazer. Ficou então contente, pois mostraria que não era de jeito todo inútil.

— Mas são estes os pratos? — perguntou dona Atenéia.

— Por acaso não são pratos — replicou.

— Ainda por cima é mal-educada.

— Mal-educada não, parece-me que a senhora só quer me ofender!

— Nada disso. Você não vê que é *escargot*, não vê que o prato deve ser diferente?

— Como saberia? — retrucou Juliana.

— Deveria ter perguntado, sua primitiva!

Juliana simplesmente colocou os pratos num canto da mesa e correu para o quarto, chorando. Chorou tanto que parecia inundar a casa. Passou a noite toda em branco, sentindo-se menor que um minúsculo grão de areia. Prometeu para si mesma que, quando aclarasse o dia, não ficaria nem mais um segundo. *Casal temente a Deus coisa nenhuma!* Esbravejou, enquanto mirava com profunda tristeza à noite que se definhava pela janela, consumindo também com ela sua própria sorte. Retornaria para Riachão. *Mas para que futuro?*

Juliana chorava ainda mais, não tanto pela raiva, sim pelo desespero de não saber o que fazer. Se já no primeiro dia recebeu tamanha humilhação, imagine o que fariam com ela depois. Por outro lado, sabia que voltar seria entregar-se ao fúnebre mundo da desesperança, viver sem sonhos, sem alternativas. Quem sabe, ter a mesma sina da mãe: morrer de desgosto.

* * *

Não esperou o café da manhã. Deixou um recado com a jardineira de que iria se ausentar e pegou o primeiro carro para Riachão. O assunto era importante demais para conversar por telefone.

Depois de algumas horas de viagem, a demora mais pelas intermitentes paradas do que pela proporção da distância, desceu na entrada de Riachão, perto do posto de gasolina, onde se tornara mais um ponto de ônibus do que uma estação de abastecimento. Alguns meninos a cumprimentaram, mas fingiu não ter notado, não tanto pelo desinteresse em conversar com eles, mas pelo fato de que não estava em condições de ser simpática com ninguém.

Encontrou o pai sentado na frente da porta, num pequeno banquinho de madeira.

— O que faz por aqui tão cedo, minha filha?

— Preciso conversar com o senhor, é importante!

— Não pensei que sentiria saudades de mim tão rápido.

E Juliana passou a contar a humilhação que tinha passado, no primeiro dia, na casa dos Duarte e sua resoluta vontade de voltar.

— Com a sua permissão, quero voltar para casa — disse ela, mais uma vez chorando.

Com um intenso abraço, tendo-a já acolhida nos peitos, sr. Antônio começou também a soluçar. Contou para Juliana que, nos últimos meses, não estava mais com "aquele bico" na Prefeitura; que com as eleições e mudança de governo, ele passou a representar excesso de custo.

— Minha filha, eu só não contei antes porque fiquei com vergonha.

— Mas, pai, não me importa a sua pobreza, quero ficar aqui!

— Não, minha filha, não me faça carregar outra culpa — suplicou sr. Antônio.

Para ele bastava. Tinha por suficiente a culpa que carregava pela morte da esposa. Não queria suportar um outro fardo. Sabia ele bem, embora de pouca instrução, que Juliana não pertencia àquele mundo. O conformismo daquela cidade acabaria por matar a filha e ele não suportaria tamanha dor.

— Mas eu quero ficar, pai! — bradou Juliana.

— Não, você vai voltar! Você vai voltar porque lá pode ter melhor instrução, lá pode ter melhores chances de crescer e ser gente na vida.

— E se eu não voltar?

— Você vai voltar porque sou seu pai, sei o que é melhor para você.

Juliana não discutiu mais nada, sabia-a infrutífera. Não queria ser humilhada, afligia-lhe a ideia de saber-se insignificante. É como se alguém sussurrasse em seus ouvidos: *você é ninguém, não tem nada de especial*. Mas sabia também que o pai tinha razão, ficar em Riachão seria admitir uma implacável derrota, sem chances de revanche. Então, lembrou-se de Jó: *estou, de fato, cercado de zombadores, e os meus olhos são obrigados a lhes contemplar a provocação*. Afinal de contas, sempre soube aproveitar os maus momentos. Pensou um pouco, enxugou as lágrimas e, com a serenidade de antes, veio-lhe uma luz. Ainda que os perversos não fossem castigados, ela não seria tão desmerecedora assim. Talvez, como Jó, sua prosperidade seria concedida no final.

Para o espanto de sr. Antônio, desatou-se a rir.

— Sou melhor do que Jó, pai. Sou melhor do que Jó.

O velho estupefato, não entendia nada.

— Sou melhor do que Jó, pai, porque Deus não me tirou nada, mas pode me dar tudo — explicou Juliana, desabando em gargalhadas.

— Quer dizer que você vai voltar? — recompôs-se Sr. Antônio.

— Sim, pai, eu vou voltar!

Assim, Juliana tomou sentido de sua insignificância, não para se abalar, mas tomá-la como antídoto contra as investidas dos que se achavam superiores. Lamentar-se seria muito pouco e fácil demais. Não com ela. Sonhou ganhar o mundo e não seria uma simples gafe no jantar ou vestidinho barato que a faria jogar a toalha. Não daria a Deus esse gosto de perdedora a implorar por misericórdia. Restabeleceu-se e voltou para a cidade do Oeste.

— Aonde você foi? Fiquei preocupada — inquiriu-a dona Atenéia, logo que entrou em casa.

— Fui falar com meu pai.

— Está certo, mas precisamos conversar.

Dona Atenéia conversou longamente com Juliana. Pediu imensas desculpas pelo que tinha acontecido à noite e prometeu que jamais se repetiria. Tudo tinha uma justificativa razoável. Casada há mais de 30 anos com doutor Agamenon, nunca tivera uma outra mulher tão perto. Juliana tão mocinha, tão doce e tão bonita, fê-la se sentir ameaçada e, quase que numa reação irracional, sem saber o que fazer, começou os imbecis ataques.

— Vem cá, minha linda! — nisso abraçou fortemente Juliana, afagando seus cabelos.

— Você me magoou — disse Juliana com meiguice.

— Já sei, vamos às compras, o melhor remédio para mulheres em crise.

Sorrindo, as duas saíram abraçadas, rumo ao Shopping mais próximo.

Aquela tarde foi maravilhosa. Juliana sentiu pela primeira vez a força do consumismo. *Nada como se sentir dona de tudo*, pensou. Comprar, comprar e comprar, pelo simples prazer e vontade de comprar, provocou na menina uma estranha sensação de poder. Estava com o mundo nas mãos, poderia ter o que quisesse, trafegando pela multidão, sem escapar dos cobiçados olhos da maioria que, com certa inveja, ardia de desejos pelas inúmeras sacolas e caixas que carregavam.

* * *

Alguns dias se passaram. Alguns meses também. A relação entre as duas mulheres tinha melhorado muito, mas Juliana, apesar de sua caipirice, não era burra. Sabia que não estava tudo resolvido. Apesar de mostrar-se tão amiga, aliás, a única amiga de Juliana, havia momentos em que ela literalmente enlouquecia, com incompreensíveis ataques de ciúmes. Juliana, contudo, jurou suportar tudo, com a mesma meiguice de antigamente. Suportou dona Conceição com tanta doçura, por que não aguentaria dona Atenéia, tão generosa nos presentes?

Passou a frequentar a Igreja, semanalmente. O Culto transformou-se em canal de escape. Chegava sempre cedo, sentava-se com a cabeça abaixada, principalmente para evitar interrupções de estranhos ou incômodos desnecessários. Não tinha como intuito estreitar as relações de amizade com outros crentes, e sim obter um momento de paz, longe da presença de dona Atenéia ou das coleguinhas chatas do colégio, cujo cérebro ainda, não obstante a condição econômica abastada, parecia o de uma criança de sete anos. Era muita babaquice para Juliana. Ficava simplesmente sentada, cabeça abaixada, sem ouvir sequer uma palavra da pregação, sonhando com seu futuro. Entenda-se ou não, era seu momento com Deus.

Uma vez tentou se aproximar de uma garota. A moça tinha uma boa aparência, muito simpática e sempre solícita na Igreja. Não havia sinais de burrice nem se mostrava tagarela em excesso. Aproximou-se, então, com muita simplicidade, no estilo o príncipe e a raposa.

— Boa noite — disse Juliana, dirigindo-se à moça.

— Boa noite — respondeu educadamente a moça, que se espantou com a iniciativa de Juliana.

— Acho você a mais simpática da Igreja, por isso...

– Ah! desculpa — disse a moça —, você é a empregada dos Duarte?!

— O quê?

— São bons patrões, não são?

Esquece, pensou Juliana e, sem proferir mais nenhuma palavra, afastou-se. Desistiu precocemente da tentativa de criar qualquer laço de amizade. Seria impossível, pois todos, inteiramente iguais aos demais, não estavam na Igreja preocupados com Deus nem com o próximo. *Por que fui tão ingênua?* Perguntava-se ao longo do percurso até o seu banco preferido. A maioria, senão todos, para a raiva de Juliana, estavam lá apenas interessados na vida particular de cada um, na catalogação das pessoas por classes, na divisão entre os que têm algo a oferecer e os que nada têm. *Eu não trabalho para os Duarte, eu não trabalho para os Duarte. Eu moro na casa dos Duarte!* Repetiu em silêncio, enquanto inclinava novamente a cabeça para baixo. E prometeu para sua própria alma não mais afetar sua paz em busca de conversas fúteis ou laços precários de amizade. De falsas amigas já bastavam as da escola.

* * *

Fora matriculada no melhor colégio da cidade. O próprio doutor Agamenon, com seus contatos influentes, tratou de arranjar tudo. Tinha ele um cuidado especial pela educação da menina. Todos os dias, ele mesmo a levava e a pegava de volta do colégio. Às vezes, principalmente nos dias mais quentes, paravam pelo caminho para saborear algumas bolas de sorvete. No entanto, Juliana que estava ficando cada vez mais mulher e menos moça, passara a notar certa diferença no tratamento que o doutor lhe dava. Na última vez, não só comprara bolas de sorvete, mas também a presenteou com uma linda joia.

— Por enquanto, não deixe a Atenéia saber — pediu doutor Agamenon.

— Mas... Não posso aceitar.

— Deixa de ser boba, todas as mulheres gostam de joia.

— É que...

— Não gostou?

— Gostei, mas eu sempre recebi tudo em casa. Por que o senhor está me oferecendo isto assim?

— Não posso te dar um presente?

— Pode, mas...

— Pronto, vou falar, é porque gosto de você.

— Mas vai querer algo em troca? — perguntou Juliana finalmente, forçando a fala para sair o mais sensual possível.

— Não, claro que não.

No começo, Juliana hesitou um pouco, mas, depois, só estava jogando, jogando com a expectativa do médico. Queria saber até onde ele estaria disposto a ir e calcular suas reais intenções. Apesar de sua carinha de santa, não tinha esquecido ao todo da humilhação inicial a que fora submetida pela dona Atenéia. Algo em sua consciência dizia que não estava se comportando adequadamente, porém, como pensou, *talvez chegasse o momento de dar o troco e mostrar que ela, dona Atenéia, não estava no controle da situação*. Chegasse, quem sabe, uma boa hora de zombar dessa senhora, tão cheia de todos os favores, e tomar a atenção de seu marido, justamente em sua própria casa.

No entanto, dona Atenéia, que não era nem santa nem ingênua, passou a estranhar algumas diferenças. Os dois sempre voltavam do colégio mais tarde do que o normal. E Juliana, sempre que a oportunidade permitia, inventava uma desculpa qualquer para visitar o consultório do doutor. Tinha por justificativa uma suposta amizade com a secretária do médico, Maria Bernadete, pessoa a quem dona Atenéia mostrava nutrir um grande ódio. Lamentava-se não conseguir convencer o marido a demiti-la. Doutor Agamenon desculpava-se sempre afirmando que não encontraria jamais empregada tão competente. Seria melhor ficar de olhos bem abertos.

Naquela manhã, logo que saíram, dona Atenéia passou a remexer nas coisas de Juliana. Para seu espanto, encontrou sinais evidentes de que entre os dois estava acontecendo ou para acontecer algo a mais. *Aquela safada*, pensou, o*u estava roubando ou sem dúvida se vendendo para o Agamenon*. Encontrou, bem no fundo de sua mala, um anel solitário de diamante, com mais de 4 gramas. O desespero tomou conta de dona Atenéia, teria que fazer alguma coisa, pegou seu valioso colar de ouro com pérolas e diamantes, e escondeu-o no fundo da mala de Juliana, junto ao anel solitário. Foi para a sala, ligou a televisão e esperou chegarem para o almoço.

* * *

— Agamenon, por favor, venha ver isso — disse dona Atenéia, logo que o esposo entrou na sala de estar.

Atônito, sem entender bem os motivos, seguiu Atenéia para o quarto de Juliana, que, embora espantada, também foi atrás dos dois.

Abriu a mala de Juliana e, no fundo do canto direito, puxou o colar, presente de aniversário de casamento do Dr. Agamenon.

— Como isto foi parar na sua mala? — perguntou dona Atenéia, dirigindo-se a Juliana.

— Eu também gostaria de saber — enfatizou Dr. Agamenon, mas com o olhar preso em sua esposa.

— Eu não sei, mas vou chamar a polícia, se não tiver uma explicação coerente — esbravejou dona Atenéia, insinuando o preâmbulo de um escândalo.

— Só pode ser engano — disse Juliana confusa.

— Como pode fazer isso? Ficou desesperada, é? — perguntou Agamenon, em tom de recriminação.

— Não fale assim comigo! — gritou dona Atenéia com o marido.

— A ideia foi sua. Agora quer voltar atrás? — perguntou Agamenon indignado.

Como assim? Juliana não entendeu o que se passava, mas sentiu que estava livre da confusão. Esboçou um pequeno sorriso, quase imperceptível pelos cantos do lábio, e se afastou, silenciosamente, deixando o casal se entender. Talvez ciúmes, talvez desespero, o certo é que a pequena mágica de dona Atenéia não havia dado certo. Todos haviam decifrado o truque.

— Eu exijo desculpas a Juliana. Combinamos tudo. Você sabe que não pode agir assim.

Juliana escutou de longe a voz de Dr. Agamenon repreendendo a esposa. Ficou mais sorridente ainda e foi passear pela rua.

* * *

No café da manhã, dona Atenéia estava toda sorridente, numa mistura de bondade e doçura, fez questão de servir a todos. Juliana começou e olhou espantada para Dr. Agamenon, que lhe piscou um dos olhos discretamente.

— Sabe, Juliana, sobre ontem à noite...

— Não precisa se explicar. Eu entendo, eu sei que nem sempre conseguimos manter o controle de tudo, eu entendo.

— Mas eu queria...

— Não precisa se desculpar, já está desculpada — Juliana cortou a conversa mais uma vez.

Terminada a refeição matinal, Dr. Agamenon e Juliana dirigiram-se para a saída.

— Eu acho melhor pegar um ônibus.

— Que nada — disse dona Atenéia —, se fizer isso vou achar que não me perdoou.

— Está bem, vamos doutor.

Naquela mesma tarde, com a insistência de dona Atenéia, as duas foram passear pelo centro da cidade. Pararam num pequeno café, local aconchegante, confortável e discreto. Dona Atenéia, então, começou a explicar suas preocupações.

— A minha vida é muito solitária — disse se lamentando.

— Só tem que agradecer. Tem um bom marido do lado — consolou-a Juliana.

— Não poderia me queixar, não fosse pelas viagens. Ele tem viajado muito.

— Mas são viagens de trabalho — Juliana tentou remediar.

— Não é só o curso mensal em Brasília. Tenho o pressentimento de que ele anda aprontado alguma.

— Não, dona Atenéia. ele é um homem muito sério. Ele não faria isso.

— Não tenho provas, mas acho que está tendo um caso com a secretária.

— Com Maria Bernadete? — perguntou Juliana, espantada.

— É minha única suspeita.

— Não, não é possível.

— Pode ser que não — ponderou dona Atenéia —, mas isso tem me deixado muito insegura.

— Mas a senhora é tão dona de si! — exclamou Juliana.

— Tudo por fora, minha filha. Só Deus sabe o quanto tenho sofrido. Você precisa me ajudar.

— Tenho a senhora por mãe. É o presente que Deus me deu. Pode confiar, farei tudo ao meu alcance para afastar a solidão de seu coração e garantir o eterno amor de Dr. Agamenon — disse Juliana, encostando a cabeça de dona Atenéia em seus ombros, em sinal de conforto, esboçando disfarçadamente um malicioso sorriso.

Há pessoas que não sabem vangloriar o que têm, ela pensou. Sentiu a sorte se aproximando. Agora, poderia contar com Dr. Agamenon arrastando-se aos seus pés e dona Atenéia, julgando-a uma eterna aliada, não desconfiaria de nada. *Deus há de me abençoar,* disse mentalmente. *Deus já começou a me abençoar.* Numa mistura de alegria e fingimento, começou a chorar, abraçada a dona Atenéia.

Depois, sozinha, Juliana foi para a Igreja orar em agradecimento pela oportunidade. Precisava falar com Deus, ao seu próprio modo, é claro. Mas o que seria a oração senão uma conversa íntima com Deus? Na verdade, para ela, não importava tanto deuses ou um Deus, bastava apenas um momento de silêncio, uma pausa íntima consigo mesmo para, em paz conversar com sua própria consciência.

Deus, faça-me um instrumento de Vossa alegria; que eu não perca a sabedoria divina e tenha ciência suficiente a aproveitar todas as oportunidades.

Abaixou a cabeça e começou a rir em silêncio. Sentiu, no ato, o prazer de uma oração sem forma, sem palavras fixas. Jurou vitória e, muito melhor do que Jó, sua recompensa já estava por vir, sem tantas amarguras. Ficou por um bom tempo com a cabeça inclinada e, por fim, pediu a Deus orientação. Se o Senhor perdoou a David, quando desejou a mulher alheia, haveria também de perdoá-la.

* * *

Quando saiu da escola, Dr. Agamenon já estava esperando. Entrou no carro, jogou a mochila no banco traseiro, encostou a cabeça nos ombros do médico e, com uma voz forçadamente sensual, disse:

— Está tão quente! Que tal uma pausa para um sorvete?

— Ótimo — disse Agamenon sorrindo.

Juliana serviu-se sem receio, uma mistura de flocos e caramelos.

— Vamos, menina! Já estamos atrasados — disse o médico entrando no veículo.

Ela também entrou, sentou-se bem encostado às coxas do Dr. Agamenon. Pegou a mão direita do médico e a colocou no meio de suas pernas, numa clara insinuação de quem queria muito mais.

— Assim você me compromete – disse Agamenon, sem tirar a mão do lugar.

Juliana não respondeu. No resto do percurso, ficou em silêncio, mas estava muito segura de si. Separar o casal seria apenas uma questão de tempo, pois graças à própria boca da dona Atenéia, sabia que entre os dois não havia relações íntimas, há muito tempo. Sentia que o médico a desejava, embora se esforçasse, sem sucesso, para não transparecer.

Na noite daquele mesmo dia, para espanto e alegria de Juliana, Dr. Agamenon relatou que o curso em Brasília recomeçaria na semana seguinte. Dona Atenéia lamentou muito. Por fim, pediu ao Agamenon que considerasse a possibilidade de levar Juliana com ele.

— Não precisa, amor, já me acostumei em viajar sozinho.

— Não, amor. Você não tem a mesma idade de há 20 anos. Por favor, sinto-me mais segura com Juliana do seu lado.

— Não dá, Atenéia. Juliana faltaria várias aulas. Isso não é bom.

— Meu amor, ela é uma moça esperta, uma ou duas aulas não vão prejudicar seu progresso.

— Já falou com ela? — perguntou Dr. Agamenon.

— Ainda não. Mas posso perguntar agora — disse dona Atenéia olhando para Juliana.

— Preciso de um tempo. Vou pensar — respondeu ela.

De fato, precisava se precaver. As oportunidades surgiam depressa demais, poderia ser uma armadilha. Deveria tomar todas as cautelas, antes de se prontificar a acompanhar Agamenon. Não poderia simplesmente concordar, sem mais nem menos.

Com a saída de dona Atenéia, o médico não se conteve e pediu para Juliana não acompanhá-lo nas viagens a Brasília.

— Ficarei dois dias em Brasília. É muito tempo sem aula.

— Eu só não queria desagradar a sua esposa — ela se justificou.

— Acho que deveria recusar. Não precisa passar por isso — o médico voltou a aconselhar

— Não sei. Ainda não pensei no assunto — ela retrucou.

— E o tempo perdido?

— Que tempo perdido? Estou praticamente no fim do curso.

— Você não conhece ninguém por lá. Vai ficar muito sozinha.

— É uma boa chance de conhecer a capital do país.

— Prefiro que fique — insistiu Dr. Agamenon.

— Achei que me queria — disse ela, baixinho, acautelando-se para que a diarista não ouvisse.

— A gente pode se ver por aqui mesmo — ele respondeu.

— Está bem. Prometo que pensarei com carinho — disse Juliana em tom conclusivo, demonstrando não estar disposta a conversar mais nada a respeito.

— Certo. Fico aguardando.

Alguma coisa não batia. *Por que razão Agamenon se opõe à minha companhia? O que ele esconde por lá?* Ficou pensando, por horas, mas nenhum sinal ou pista veio-lhe à mente. Decidiu partir para a estratégia da boa amiga. Nada mais mortífera que uma amiga solícita, sempre disposta a ouvir, na pretensão de ajudar, mas que esconde, no fundo da alma, bem lá no fundo mesmo, intenções nefastas.

— Aonde vai? — perguntou dona Atenéia, ao se cruzar, na entrada, com Juliana.

— Vou passear um pouco.

— Mas tão cedo?

— Dizem que ajuda na digestão — respondeu e desceu a rua, em direção ao consultório, pronta para atacar.

* * *

O horário não poderia ser melhor. Dr. Agamenon estava em casa e, portanto, sem compromissos no consultório, Maria Bernadete estaria livre, bem disposta a jogar conversa fora.

— Bom dia, minha querida — cumprimentou a secretária.

— Bom dia. O Dr. Agamenon está?

— Ele não está em casa? — questionou Maria Bernadete, incrédula.

— Não, ele saiu cedo — mentiu Juliana.

— Pensei que veio me ver — reclamou-se a secretária.

— Também — respondeu sorrindo. — Estava morrendo de saudades.

As duas supostas amigas sentaram-se e começaram a jogar conversa fora. Primeiro vieram as conversas corriqueiras sobre a televisão, a moda, as conhecidas de cada um, os novos produtos de beleza, o casamento do galã da telenovela, e mais e o mais, com Juliana apenas aguardando a hora certa para executar o que planejara.

— Sabe, estou um pouco chateada — confessou, enfim, Maria Bernadete.

— Eu notei, mas não queria parecer intrometida.

— Estava nos meus planos viajar, por agora, fazer algumas compras.

— Viajar para onde? — perguntou Juliana, sem muito interesse.

— Esqueça. Acho que não vai ser possível.

— Não confia em mim? — Juliana provocou-a novamente.

— Uma outra hora eu conto.

— Eu também vou viajar. Brasília — disse Juliana, jogando a isca.

— Sério?

— Deixa de ser fingida, menina. Você já sabe — lançou um ataque direto, no intuito de observar a reação.

— É verdade — confessou a secretária —, o Dr. Agamenon me contou.

— Não sei se devo ir. Queria pedir sua orientação.

— Para ser sincera, se fosse você não ia. Essa dona Atenéia quer lhe fazer de escrava. Você não é nenhuma dama de companhia.

— Meu Deus, estou atrasada! — disse Juliana de imediato, ao olhar para o relógio. — Até mais amiga. Você me ajudou muito, obrigada.

Era tudo o que queria ouvir. A reação e as palavras de Maria Bernadete não a deixavam mentir. Provavelmente, dona Atenéia tinha razão, havia um caso entre eles. Agora entendia a reação contrária do médico.

Vencer Maria Bernadete não seria difícil. Como era comprometida, não tinha muito espaço na Cidade do Oeste. Bastava tomar seu único trunfo: as viagens para a capital.

E assim, começou a acompanhar Dr. Agamenon para Brasília. A esposa, sempre preocupada, enchia Juliana de perguntas. *Ele dormiu o suficiente? Não cometeu nenhuma extravagância? Lembrou de se alimentar?* Juliana, sempre sorridente, com um brilho especial nos olhos, respondia a todas as indagações da preocupada senhora. *O doutor comia bem. Estava bem servido.*

* * *

No começo, viajavam apenas de quinze em quinze dias. Mas, um mês depois, as viagens passaram a ser semanais. Saíam na quinta e só retornavam no sábado. Juliana tinha feito todos os esforços para Dr. Agamenon esquecer Maria Bernadete e se entregar ao calor dos seus abraços. Tudo corria como planejara, não fossem alguns detalhes que a incomodavam profundamente.

Sentia-se ardentemente desejada, é verdade, mas o médico não estava sequer apaixonado. Juliana se esforçava. Cada vez tentava uma coisa diferente. Contudo, nenhuma menção em romper o relacionamento com a esposa. Fosse uma questão de tempo, Juliana saberia esperar, pois tinha a plena convicção de que as conquistas são frutos da mais calma e fria persistência, porém, sentia-se encurralada, estava perdendo o controle.

— Que foi, Juliana? — perguntou dona Atenéia.

— Nada, mãe.

— Não adianta mentir. Nos últimos meses, tenho reparado seu comportamento. Parece muito triste, sempre cabisbaixa.

— Deve ser cansaço — mentiu Juliana, descaradamente.

— Não quer visitar seu pai? Aproveite que está de férias. Pode ser saudade de casa.

Juliana trancou-se no quarto. Não queria que dona Atenéia reparasse as lágrimas transbordando pelo canto dos olhos. Deitada de bruços, chorava copiosamente. Sentia-se tal e qual dona Tonica de Machado de Assis, sem ideias de paz nem de candura. Ao tentar jogar com o amor alheio, via-se agora como vítima e o gosto de fel passou-lhe entre os lábios. Via em si própria o amor se transmutando em ódio, sentia-se metade amada, metade traída e algo lhe dizia que era capaz de procurar a vingança.

Não era tanto a dor por estar-se enamorada, mas porque, inexplicavelmente, quanto mais viajava com Agamenon, quanto mais se entregava a ele, nas serenas ou chuvosas noites de Brasília, mais felicidade ele parecia trazer ao lar do casal. Dona Atenéia aparentava-se cada vez mais feliz, perdeu a frieza no olhar, sempre cantarolando pela casa, cuidando das flores, saindo para jantar com o marido e, contou uma vez, faziam algumas paradas em algum motel da cidade, *para sair da mesmice.*

Chorou, chorou por mais de meia hora; até que os olhos se cansaram e voltou a si. Pensou em tudo que já havia suportado, em sua incansável luta para alcançar o conforto, o bem-estar que jurara obter e, colocando de lado a mágoa e o ressentimento, passou a traçar o seu próprio plano de reação. *Ela não vai me vencer assim, tão facilmente,* falou em silêncio. Teria que ser um golpe só, certeiro. Aguardou até a hora da refeição e, todos já sentados, com cara de assustada, meio fingida, meio verdadeira, falou sem rodeios:

— Estou grávida.

— De quem? — perguntou Agamenon, sem se assustar.

— De quem seria? — Juliana retrucou.

— Você é louca? — indagou dona Atenéia, com certo espanto. — Não, você não fez isso!

Juliana, em meio a soluços, de dedo em riste para Dr. Agamenon, decidiu contar a verdade à esposa:

— Ele tem ficado comigo. Não há uma noite sequer em Brasília que não dormimos juntos.

— Sua vadia! Deixe de ser fingida! — gritou dona Atenéia.

— É verdade! Jamais inventaria uma coisa dessas.

— Eu sei que tem ficado com ele. Quem não sabe? — respondeu dona Atenéia, enraivecida.

— Como assim? — Juliana ficou confusa, não entendia mais nada.

Pela primeira vez, sentiu que tudo estava absolutamente fora de seu controle.

— Sua imbecil, acha que me enganou? Você fez sempre parte de um grande plano — explicou dona Atenéia.

— Seus imundos! Vocês me usaram?

— Não, minha filha, você se deixou usar — respondeu friamente dona Atenéia, com um leve sorriso nos lábios.

— Você não é minha mãe. Por favor, não me chame de filha.

Juliana se esforçava para aparentar calma. Conseguiu aguentar, até ouvir os pormenores da boca da própria dona Atenéia. O médico, ninfomaníaco, não conseguia ser plenamente saciado pela esposa. Então, começaram a surgir outras mulheres na vida dele, mas dona Atenéia, embora aceitasse o transtorno do marido, não queria perder o controle, sentia-se insegura, não por causa das novas e constantes experiências sexuais do esposo, mas porque não suportava a ideia de saber que se relacionava com pessoas desconhecidas, vulnerável a qualquer perigo. Já que não poderia controlar o problema sexual dele, poderia ao menos amenizá-lo.

— Mas eu estou grávida — disse novamente Juliana, atordoada, sem mais saber o que falar.

— Então, vai ter que abortar. Não tem jeito — respondeu novamente dona Atenéia, com uma estranha frieza.

Juliana agora chorava de verdade, sem fingimentos. Sentia-se usada, numa sensação que jamais ousara sequer imaginar. Não fazia ideia de quão dolorosa era a dor de sentir-se traída, manipulada. Toda a sua esperteza, toda a sua suposta malícia, ambição e capacidade de planejar, foram simplesmente jogadas por terra, sem mais nem menos. Aquela senhora, antes tão frágil, tão insegura, parecia-lhe agora a mais vil de todas as mulheres que um dia julgara conhecer. Levantou-se e saiu correndo em direção à rua.

Um sentimento de absoluto desamparo tomou conta de si. Queria correr para os braços do pai, contar toda a verdade. *Definitivamente, não era uma boa ideia!* Afinal, nem mesmo estava grávida. Foi uma tentativa infantil de fazer com que dona Atenéia soubesse do caso e, quem sabe, estragar aquela infame alegria que esbanjava ultimamente. Mas não deu certo. Pelo contrário, descobriu-se usada, traída pela frieza de dona Atenéia e sua própria ambição desmedida. A tristeza tomou conta de seu coração, a dor de não contar com ninguém, nenhum ombro amigo a quem pudesse recorrer e, sem nenhuma objeção ou reserva, afagar suas mágoas. Pensou em Maria Bernadete. *Não, mil vezes não.* É bem provável que também fizesse parte do plano ou, na melhor das hipóteses, risse de sua cara, porque tão ingênua, tão erroneamente confiante de si, a ponto de julgar que poderia vencer as artimanhas da família Duarte. Restava-lhe o Pastor Ravi, mas Juliana não estava em condições de confiar em mais ninguém. *Quem sabe*, pensou, *ele não me vendeu.* Andou por muito tempo, sem rumo, até que a força do sol se entregou à meiguice do luar.

Capítulo 5

Conforme os autos do inquérito policial em andamento e a história contada pelo delegado Iron Prestes, Victor conheceu um pouco mais da vida de Juliana ou, pelo menos, um pouco mais do que os outros julgavam conhecer da vida da Britney de Riachão.

Como contou o Delegado, após o incidente daquele dia, Juliana voltou para a casa bem tarde, já de madrugada. Alega ter notado algo estranho, pareciam pegadas ou algo semelhante, indo em direção à cozinha, procurou saber o que havia de errado, quando, subitamente, viu aquele corpo estirado no chão. Dona Atenéia encontrava-se prostrada sobre o assoalho da cozinha, brutalmente assassinada, com mais de quinze golpes de faca. O estranho é que a polícia não detectou a subtração de nenhum objeto da casa, nem sinal algum de arrombamento. Uma faca da própria cozinha fora utilizada como instrumento do crime. A perícia não comprovou sinais de luta ou resistência, o que levara o delegado a suspeitar de que o crime fora praticado por pessoa próxima da vítima, à traição ou com abuso de confiança.

Ela foi interrogada naquela mesma manhã. Ficou à disposição da polícia durante o dia inteiro, até que fora liberada. Não voltou para a casa dos Duarte nem para buscar seus pertences. Pegou um ônibus e foi para a residência do pai, onde permaneceu até a decretação de sua prisão.

As imagens do fato passaram claras na mente de Victor, como um filme, como se estivesse lá.

Num dia pouco ensolarado, com ameaças constantes de chuva, a movimentação na Delegacia era intensa, os rumores de que o Ministério Público havia requerido a prisão do principal suspeito logo foi confirmada. Juliana esperava na porta de casa, abraçada ao pai. Todos dizem, mas ninguém mais do que ela soube, naquele dia, como as notícias ruins correm e se confirmam tão rapidamente. Em duas viaturas, sirenes ligadas, os policiais pararam defronte à entrada da casa de sr. Antônio. Ambos, pai e filha, choravam copiosamente.

— Vamos, Juliana, você já sabe — disse o delegado.

Ela beijou o pai na testa e acompanhou a autoridade policial até o carro, momento em que foi algemada e levada para dentro do veículo.

* * *

Victor pediu para conversar alguns minutos com Juliana. Porém, que a verdade seja dita, não se tratava de um pedido, e sim uma exigência, porque o advogado tem direito de falar com o preso, ainda que sem procuração. Portanto, se por direito lhe pertence o benefício de falar com o encarcerado, à autoridade policial responsável só resta um dever, e não uma faculdade.

— É você o Dr. Victor? — perguntou Juliana.

Foram as únicas palavras que fizeram sentido na mente do advogado, pois, aquele cheiro insuportável de suor, sujeira e fezes acumulados, aliado à multidão de faces, todas sobrepostas, espremidas na grade do portão de acesso ao pátio do banho de sol, não permitiu a Victor a mínima possibilidade sequer de raciocínio. Tantos olhos insaciados, famintos por liberdade, todos dirigidos à sua única pessoa, fizeram-no estremecer e, por alguns segundos, o seu corpo ficou coberto por um espectro aterrorizante.

O estranho não era que a fobia fosse provocada por algo desconhecido, mas por alguma coisa familiar. Não sentiu pena das presidiárias, pelo único motivo de que não sentiria pena de um cachorro pelo simples fato de ser cachorro. Mas saber que o cachorro jamais deixaria de ser cachorro, isso realmente o atormentava. Era como se voltasse a sua infância e, para sempre, ficasse atado àquela situação de absoluta miséria: miséria econômica, miséria espiritual, miséria de destino. Pediu licença e saiu, quase correndo. Apenas deu tempo de ouvir uma voz gritando, do fundo da cela:

— Não é contagioso, não, doutor!

A velha e podre Cadeia Pública da cidade havia promovido, talvez sem querer, o mais inesperado encontro entre Victor Hermes e a sua infância.

* * *

Nasceu naquele velho sobrado, entre tantos outros de Piçarreira, na Rua 7, à esquerda da venda do sr. Oswaldo, onde viveu, até quase completar os treze anos de idade. De sua mãe, não guardava muitas lembranças, apenas a imagem clara do dia em que, com um sorriso nos lábios, fez as malas e partiu com o filho mais novo do açougueiro, moleque de apenas dezoito anos. Victor não a culpava por ter partido, mas jamais perdoou aquele sorriso na hora da ida. Fugir da miséria era desculpável e compreensível, mas rir-se do abandono de um filho de cinco anos era inaceitável. Tinha, portanto, uma mágoa profunda, uma mistura de sentimentos de culpa e remorsos.

Victor era criança demais, mas sempre disseram as más línguas que dona Estela não se dava ao luxo de perder uma única oportunidade. Não se permitia honesta, nem sentia vergonha pela falta de acatamento. Durante os quinze anos de casamento, dera ao marido toda sorte de desgostos. Porém, não somente por culpa sua. Era como se houvesse quebrado o encanto. Durante o namoro, dona Estela não tinha olhos para qualquer outro rapaz. O jeito do sr. Miranda, seu leve sotaque de português e aquele comportamento que só tem um legítimo descendente europeu, faziam dele um homem irresistível. Mas com o matrimônio, tudo se diluiu. Miranda bebia o dia inteiro e à noite, mesmo nos dias mais frios, quando da solidão apenas nutriam os que ficam sozinhos, na pretensão de fazer fita, demonstrava pela esposa apenas desprezo. A verdade é que literalmente não conviviam mais. Não comiam juntos e mal trocavam entre si uma ou outra palavra sussurrada, por algum acaso ou inesperado contragosto. O nascimento de Victor, em vez de um elo entre o dois, serviu mais ainda para separar o casal. As más línguas falavam mal de dona Estela, as piores desconfiavam da paternidade de Victor. Havia um profundo ódio e desprezo de um pelo outro, que foi se transformando, no decorrer dos anos, em repugnância completa.

Miranda não se importava com ninguém. Na verdade, nunca se importou, nem mesmo com o filho. Mas com a partida de dona Estela, já não vivia, pelo contrário, morria em silêncio, todos os dias, quem sabe, pela raiva e certeza de ter perdido a esposa por um moleque. Parecia viver, mas já estava morto. Bebia muito e sempre. Poucas vezes não o encontravam deitado pelos becos de Piçarreira, sujo de vômito, quase sempre levado para a casa por um amigo.

Victor fizera de tudo para chamar a sua atenção, mas aquele homem egoísta e interesseiro nunca mais voltara a ser o mesmo, ao inverso, piorava cada vez mais. Não por acaso, veio-lhe à mente o último dia em que viu o pai, chegando novamente bêbado em casa. Ganhou coragem e perguntou-lhe em tom desolado:

— Por que o sr. faz isso comigo, pai? Não me tem por consideração?

— Estás a falar comigo? Nem sei mesmo se és meu filho — retrucou violentamente seu Miranda.

Foram horas e horas de choro, até perceber que não mais valia ficar naquela amargura, suportando um homem, dito pai, que jamais voltaria para a vida. Na mesma noite, juntou suas trouxas, pegou carona com o primeiro caminhoneiro que passou pela rodovia e foi embora para sempre.

* * *

Na segunda-feira, não estava em condições de trabalhar, ficou em seu *flat*. Não tinha se recomposto ainda do abalo emocional. Um turbilhão de ideias tomou conta de sua mente. Não faria o mesmo que recebeu de sua mãe, não faria o mesmo que concedeu ao seu pai. Juliana precisava de um bom advogado e o sr. Antônio contava com ele. Atormentava-lhe, não a saudade da partida nem a dor da separação, mas a imperdoável mágoa, perpétua, de saber-se fruto do abandono de quem lhe ousou contar a sina.

Victor ficou inerte, debruçado sobre a varanda, e chorou. Voltou a chorar como antes jamais fizera, por tudo o que um dia perdeu, na infância, na adolescência, na vida adulta. Chorou, pelo que tinha, pelo que viria a ter e pelo que jamais teria. *Como bispos do xadrez, que nada!* Na vida, não há movimento no branco que não venha a se cruzar com o movimento no preto. A experiência daquela prisão, desmedido sentimento, quase intolerável, provocou-lhe de certa forma a purgação da alma, uma espécie de catarse, que o transportou de sua cômoda e abastada vida profissional para a tragédia de sua infância e o remorso do abandono.

Ah! Que domingo cheio de sensações diversas. Victor misturava tudo; o espírito subia e descia incessantemente como ioiô entre mãos de crianças. Contudo, a impressão maior era a de ter experimentado uma sensação opressora, que sua alma exigia uma atitude libertária. Seu coração chorava, mas também aliviado. Ficou ali, em silêncio, por uma, duas ou três horas. Entrou no quarto e deitou-se. Enfim, após muita vigília, apareceu-lhe o sono. Dormiu profundamente, até raiar o novo dia.

* * *

Foi um dos dias mais leves de sua vida. Parecia-lhe ter descarregado mil toneladas de suas costas. Logo cedo, foi para o escritório e, em menos de três horas, já tinha colocado em dia todas as tarefas atrasadas das últimas semanas. Há tempos não sentia tamanha satisfação em executar seus trabalhos, mesmo tratando-se de pequenas e burocráticas diligências.

Por volta das 10 horas, pegou o telefone e discou para o ramal de James.

— Que desejas, meu nobre? É bom vê-lo de volta tão animado! — disse James ao entrar na sala.

— Você lembra da nossa conversa?

— Claro, doutor. Vai pegar o caso?

— Se você prometer me ajudar.

— Quanto vai cobrar?

— Como assim? — perguntou Victor, surpreendido.

— Disse que vou ajudar, não trabalhar de graça.

— Nós somos advogados, James, e não mercantilistas. Temos por dever a consciência de que o Direito é um modo de mitigar as desigualdades sociais — disse Victor respirando fundo — e uma arma na luta pela igualdade de todos, independentemente de sua condição financeira.

— É também direito do advogado velar pela sua reputação pessoal e profissional — retrucou James. — Um trabalho gratuito não tem valor, é jogar fora a reputação, é nivelar-se por baixo sem necessidade. Foi assim que você me ensinou — James desferiu o golpe final.

— Você tem razão, mas o sr. Antônio é um miserável.

— Podemos cobrar um valor simbólico, pelo menos.

— Cinco mil?

— Você tá louco?

— Seis mil?

— Por amor de Deus, cobre pelo menos dez. Se não quiser, passe tudo para mim.

— Está bem. Fechado.

Victor estava meio confuso. Nem ele entendia a si mesmo. Jurou jamais trabalhar novamente de graça e, estava aí, no início de uma carreira promissora, sendo convencido por um iniciante de que deveria cobrar pelos seus serviços. Até para ele, advogado experiente, era difícil harmonizar os conceitos de gratidão, auxílio e cobrança. Sentou-se e, por alguns instantes, simplesmente quedou-se inerte. Uma estranha felicidade tomou conta de seu corpo e, de alegria, sem remorsos ou tristeza, lágrimas circundaram seus negros olhos. Inclinou a cabeça e meteu-se a falar com Deus, não em silêncio, mas em voz branda, como se houvesse para o tempo, para contemplar o sublime momento em que um advogado se encontra em paz, consigo mesmo:

Obrigado, Senhor, por fazer de mim um instrumento de vossa paz:

porque posso buscar a verdade, onde há erro;

porque com a esperança, combato o desespero .

Obrigado, Senhor, por procurar consolar, sem receber consolo;

por tentar perdoar, quem não foi perdoado.

Ser advogado, sim, eu sei, é mais do que um atributo,

é a plena consagração de um dever público.

Sim, sou eu, Vosso eterno seguidor!

Faça com que esta paz em mim permaneça

e possa reparar os males causados pela injustiça.
Senhor, só me cabe agradecer,
o que os meus olhos agora podem ver:
obrigado pelo injustiçado, pelo oprimido,
pelo esbulhado, pelo condenado
e pelo perseguido que me mandaste hoje.

* * *

Victor preferiu levar a notícia diretamente à casa de sr. Antônio. Para isso, pediu a James, seu colaborador na nova empreitada criminalística, que o acompanhasse. Após a rodovia e várias outras vias, já dentro de Riachão, chegaram à casa do pai de Juliana. Na verdade, era quase uma casa. A falta de cuidados, a parede toda esburacada, não a fazia digna de ser chamada de casa. Mas era uma casa, ou seja, era algo destinado à habitação humana. Pelo menos tinha esse propósito. James ficou um pouco assustado com a estrutura arquitetônica do bairro, mas Victor, embora desacostumado, já conhecia a geografia do lugar.

Bateram à porta, uma moça, um pouco despenteada, mas, por alguma razão, com certo ar, forçado, é claro, de sedutora, veio abrir a porta. Informou que todos estavam no quintal conversando com o advogado.

— Advogado? — perguntou Victor.

— O advogado que o Prefeito arranjou. Não conhecem? — questionou a menina.

Ninguém respondeu mais nada. Ambos se limitaram a seguir a despenteada em direção ao quintal. Lá, muitas pessoas faziam uma espécie de roda. No centro, um senhor já de certa idade, bem vestido para os padrões da pobreza de Riachão, mas mal vestido para um advogado, falava sem cessar. Victor até se assustou, quando reconheceu a face do sujeito.

— Bertoldo? — falou baixinho, a ponto de apenas James, que estava colado ao seu lado, ouvir.

— Deus seja louvado! — disse Sr. Antônio quando, avisado pela menina, notou as duas ilustres figuras no seu quintal. — *Chegue mais perto* — pediu.

— Dr. Bertoldo?!

Mas Bertoldo não escutava o chamado de sr. Antônio e continuava sua longa e brilhante narração de como, traçadas as inquestionáveis estratégias, iria soltar e absolver Juliana da tão injusta e maldosa acusação.

— Dr. Bertoldo! — chamou novamente sr. Antônio, agora quase gritando.

O velho advogado virou-se e, só assim, fingiu notar a presença de Dr. Victor. Embora, desde sua chegada, seus olhos de águia já haviam lhe reparado.

— Quanta honra, doutor Victor!

— O prazer é meu, doutor — disse Victor, floreando. — Nem todos têm o mérito e a oportunidade de presenciar uma aula tão magnífica sobre o processo penal.

— Pensei que Vossa Excelência só tratasse de casos tributários — retrucou Dr. Bertoldo.

— É o que dizem, doutor. Mas eu também julgava Vossa Excelência já morto.

— Poupe-me o tratamento, doutor, não mereço tanto. Mas, quanto ao falecimento, saiba que estou tentando.

— O mesmo digo a vós.

— O doutor também tem procurado a morte? — ironizou Bertoldo.

— Por favor, colega, não me faça ser mal-educado. Referia-me ao tratamento — disse Victor, demonstrando claramente a intenção de terminar a conversa.

— A clareza define um advogado — retorquiu por último Dr. Bertoldo, em tom de lamentação.

Victor não respondeu, apenas fez sinal ao sr. Antônio de que queria uma conversa em particular. Dr. Bertoldo não merecia maiores atenções. Bem conhecido na Praça, era o tipo de advogado que nenhum outro colega, num momento de aflição, desejaria ter ao lado como patrono. Para ele, a advocacia seria uma espécie de instância privilegiada para agradar autoridades ou vangloriar o próprio nome. Nos Pretórios era conhecido como o advogado "sem perguntas". Alardeava aos quatro ventos de que era preferível ser mudo a desagradar o magistrado.

— Que bom doutor, vai pegar o caso da minha filha? — perguntou sr. Antônio.

— Com algumas condições.

— Como assim?

— Por vinte mil, no mínimo — intrometeu-se James na conversa.

— Doutor, por favor, eu não tenho esse dinheiro — lamentou-se Sr. Antônio.

— Eu sei, sr. Antônio. Mas vai ter que arrumar, pelo menos, a metade — Victor amenizou um pouco.

— Mas como, doutor?

— Você dá seus pulos. Sempre tem um jeito — intrometeu-se James novamente.

— Tem mais uma coisa — Victor voltou a falar —, só vamos fazer o pedido de liberdade. O julgamento, por enquanto, fica com Bertoldo.

Graças ao auxílio do amigo, que o despertou em tempo, Victor sabia que na advocacia, principalmente no momento de se declarar o compromisso pela causa, era vital algumas cautelas extras com o provável cliente. Como uma anomalia social, sem cura, quase ninguém estava disposto a pagar pelos serviços do advogado. Sempre que possível, todos faziam o possível e o impossível para aviltar os honorários propostos. *Sempre alerta*, talvez fosse um lema mais adequado ao *munus* advocatício.

Os dois advogados pediram licença e foram embora, sem muita certeza de que haveria uma futura visita do velho, não obstante sua incompreensível insistência no início. Eis o paradoxo da advocacia!

Durante toda a viagem ninguém ousou conversar nada. Ao chegarem, Victor apenas fez um sinal de boa noite, quando James desceu do carro. Próximo dali, parou no pequeno *pub* que ainda estava aberto. O que já sabia se confirmou no próprio olhar de James. Faltava ainda enfrentar as iras de Herbert. É certo que eram sócios, mas por que não ajudar a Juliana? Sr. Antônio não era qualquer um. Era um pobre senhor, sim, com poucos recursos, mas era o homem que soube acolher seu próprio pai, na hora da morte. Devia isso ao velho e não julgava sensato exigir dele o contrário. Tomou apenas um drinque e foi dormir. *Amanhã, enfrento a fera*, pensou.

* * *

As ruas estavam superlotadas. Há muito não se via tanta gente junta num só lugar. A cidade toda estava se mobilizando para a grande festa em comemoração ao aniversário do município. Em compensação, parecia que todos os carros haviam sido colocados para fora da garagem. Na avenida principal, era grande o engarrafamento. Mas o dia estava lindo, um pouco nublado, quase sem sol, o que permitia uma agradável sensação de frescor, algo raro numa cidade tão quente.

Victor não estava nem um pouco com pressa. Diferente de antes, sempre apressado, sempre aborrecido, sempre contabilizando cada segundo perdido. Estava em paz consigo mesmo, leve, sem pressa. Até acenava para as meninas que, fazendo charme, literalmente desfilavam pela faixa de pedestres.

Demorou o dobro do tempo normal para chegar ao escritório. Entrou na recepção cantarolando. Dona Deise esboçou um leve sorriso e cordialmente o cumprimentou. O que também retribuiu com graça, mas foi direto para a sua sala. Ao abrir a porta, a reação foi claramente de espanto. Herbert estava sentado em sua poltrona preferida, levemente inclinando, lendo o jornal do dia.

Victor recompôs-se e, calmamente, disse:

— Bom dia, amigo. Dormiu bem?

Herbert nem levantou a cara. Permaneceu na mesma posição, com os olhos pregados na notícia, fechado a qualquer interferência externa, como se nada ouvisse. Victor não ousou tentar interrompê-lo novamente e correr o risco de ficar, mais uma vez, sem resposta. Pior do que o silêncio, a sensação de rejeição seria insuportável. Caminhou um pouco, até a parede, onde estava fixado o quadro de Oiticica e passou a vislumbrar um possível sentido às curvas e letras da imagem retratada na tela.

Alguns minutos depois, por fim, escutou a voz de Herbert chamando-lhe:

— Já chegou?

— Faz tempo. Pareceu-me que tinha viajado para outro mundo — disse Victor, sem realmente se convencer de que Herbert não havia notado sua chegada.

Parecia-lhe mais uma espécie de jogo, típico das pessoas frias e calculistas. Fingem não escutar, no único propósito de apenas fazer a intervenção na hora certa. Victor também era advogado, conhecia as estratégias. Fazer alguém esperar em silêncio é proposital, é forçar no espírito de quem aguarda certa apreensão, um clima de suspense propício à confusão mental.

— Estava concentrado, nem notei sua presença — desculpou-se.

— Queria mesmo conversar contigo — disse Victor.

— Contar que o meu escritório virou um antro de malfeitores? — questionou Herbert, com um olhar penetrante e diabólico.

— Parecia-me que o escritório era nosso.

— Nosso? — replicou Herbert, com ar de indignação.

— Sim, nosso! Não estou entendendo suas colocações.

— Ora, você decide que vai defender uma criminosa, sem avisar, e diz agora que o escritório é nosso? Eu não defendo criminosos, eu não sou criminalista! Meu negócio é tributos, entendeu?

— Mas não é o escritório que vai pegar a causa. Sou eu, Victor Hermes.

— Não funciona assim e você sabe bem disso — abanou negativamente a cabeça, com ares de decepção. — Eu falei que esse caso prejudicaria os negócios. Você não deveria aceitar.

— Eu já falei com o pai da moça — Victor se explicou.

— Tinha que me ouvir. Acha que este escritório não tem dono? — Herbert elevou um pouco mais a voz.

— Sou tão dono como você, ...

— Eu é que dirijo este escritório. Sem mim, você não teria nada. Você sabe disso! — Herbert gritou novamente.

— Calma, Herbert. Peço desculpas, apenas cometi um pequeno erro.

— Então, vai desistir do caso? — perguntou Herbert, voltando ao normal.

— Não posso. Já dei a minha palavra.

— Então está terminado. Eu não queria assim, mas você não me deu outra possibilidade. Eu acho...

— Calma, sócio. Está nervoso demais. Precisa me ouvir. Só me comprometi em fazer um pedido de liberdade. Só isso.

— Mas fica o aviso. Você não quer voltar para Riachão, quer? — ameaçou Herbert. — Não há outra opção, tem que desistir do caso!

Levantou-se da poltrona e saiu, sem esperar outra resposta de Victor.

Que situação! Ficou com a raiva engasgada, engolindo seco por horas. A vontade mandava-lhe dizer umas poucas e boas verdades ao sócio, mas a razão pedia cautela. Seria um ato de total loucura. Seria jogar no lixo três anos de trabalho duro e o abalo de toda uma estabilidade econômica já alcançada. É certo que a sociedade pertencia aos dois, mas a razão social só previa dez mil reais de patrimônio. Praticamente, todos os clientes eram de Herbert, ele era o "relações públicas" da sociedade, o bem-quisto, o preferido da alta sociedade.

Não estava chateado com Herbert, não. Entendia sua reação, estava tentando defender o que lutou e conquistou, do modo como julgava correta. Contudo, veio-lhe um sentimento de injustiça. Tantas horas de trabalho pesado, não valiam mais nada. Herbert conseguia os clientes, é verdade, mas sempre foi ele quem perdia horas e mais horas de sono, na busca de uma solução mais favorável ao cliente, a conferir credibilidade para o escritório. *Fazer o quê?* Herbert era a rainha do formigueiro, ele a formiga. Nenhuma rainha sobrevive sem a formiga, mas sempre se pode achar uma formiga por aí. As rainhas, porém, são escassas.

Ficou com mais raiva ainda. Agora a raiva era consigo mesmo. Tanto tempo perdido de estudo, tanto esforço, para nada. *Tudo inútil!* Apenas estava se esforçando para ser uma boa formiguinha, competente, ágil, muito útil à rainha, mas sem valor algum longe do formigueiro.

— Droga, droga, droga! — berrou.

Passou a mão pela mesa e, num ato de fúria, jogou todos os papéis, pastas, porta-canetas no chão.

Ficou estático. Passou a mão pelo colarinho e, bruscamente, arrancou o nó da gravata.

— Raio de gravata. — gritou novamente.

Não que não se gostasse de usar o acessório, porém, sentia-se, naquele momento, oprimido pela farda, pela beca, pela toga, enfim, pela vida marcada, presa a uma sina, destino de formiga, fadada ao fracasso longe da rainha, fora do formigueiro. Passou por dona Deise como um raio. Pegou estrada, queria dirigir por horas, fugir daquele sufoco.

Na estrada, irritou-se mais ainda. Toda aquela gente na rua, tantos carros transitando, não havia estrutura para suportar tamanho movimento. *Porcaria de festa*, pensou, *é só para atrapalhar as pessoas.* O dia, nublado, pareceu-lhe enfadonho, sem sol, sem brilho, sem luz. Não era o mesmo dia, tudo tão cinza, como se a natureza houvesse se solidarizado com sua mágoa.

Haveria de ter um outro jeito, não podia simplesmente chamar sr. Antônio e dizer *foi mal, não dá para tentar*, porque vou ficar sem meu sócio que me ajuda a pagar as contas, a minha casa, meu carro, minhas roupas... *Não!* Seria desumano e, pior ainda, estaria assinando um atestado de incompetência. Afinal, quem seria ele como advogado no meio desse povo? Um nada! Até mesmo Bertoldo, quiçá, mereceria maiores louvores. *Que ótimo!*

Desistir do caso não custaria dinheiro, mas custaria muito. Seria a mais clara e absoluta confissão de sua submissão à vontade de Herbert. Mais do que isso, daria ciência inequívoca de que efetivamente não estava no comando de sua vida profissional. Por outro, romper com Herbert e acabar com a sociedade seria também mais do que uma grande burrice, seria desfazer anos e mais anos de estudo e trabalho duro; mas seria também trair sua própria vocação profissional, a confirmação de que não tem o caráter dos homens de verdade, de que não domina seu próprio destino, de que não é digno de ser um bom filho, porque não teve nem tem a decência de retribuir o gratuito amor que, um dia, alguém pode fazer pelo seu próprio pai.

Em silêncio, ficou repetindo, enquanto aguardava abrir o sinal, *não sou formiguinha, não sou formiguinha*, na esperança de uma iluminação ou um pingo de coragem a indicar a decisão que deveria tomar.

* * *

Dirigiu por horas, sem rumo nem direção. Queria ficar distante, fugir do aperto que lhe esmagava o coração. De súbito, como um sinal de agouro, tocou o celular, soando progressivamente a música de Beth Nielsen Chapman:

Take your time
Till you find
Which way your heart must go
And when you decide
Let me know[1]

Victor hesitou um pouco, poderia ser importante. Olhou o visor do celular, *chamada não identificada*. Colocou de volta o aparelho no bolso. Continuou dirigindo, mas ele não parava de tocar. Parou o carro, respirou fundo, olhou novamente para o aparelho e, com certa apreensão, decidiu atender.

— Alô, quem fala?

— Doutor, já estou com uma parte.

— Quem é?

— Sou eu, seu Antônio. Já estou com uma parte do dinheiro. Quer que eu vá *no* escritório?

Victor se encostou ao assento, respirou fundo novamente. *Coitado do velho, já tinha arrumado o dinheiro.*

— Sr. Antônio, olha, estou ocupado. Depois ligo.

— Está bem, espero o senhor me ligar.

Desligou o telefone, passou a mão pela cabeça e achou tudo muito engraçado, se não fosse trágico. Pegou a próxima rotatória, atravancada por veículos de todos os lados, todos querendo sair ou

---

[1] Não se apresse até descobrir que caminho seu coração deve seguir, e quando decidir, me avise. (N. R.)

entrar na via principal. Por alguns instantes, sentiu-se tentado a fechar o carro da esquerda, que parecia não saber que sentido tomar, mas acautelou-se, preferiu não levar pela emoção.

Por volta de cinco horas da tarde, chegou à Delegacia. Conversou com o agente que fazia às vezes de carcereiro e pediu para falar com Juliana.

— Doutor, o senhor tem procuração?

— Precisa?

A notar pelo olhar que Victor lançou sobre o policial, este preferiu calar-se e abrir o portão de acesso às celas, mandando chamar a moça.

— Boa tarde — disse Juliana, com pouco ânimo.

— Boa tarde.

— Não vai fugir de novo? — ela perguntou.

— Não, de jeito nenhum — respondeu sorrindo.

Embora bem mais abatida do que antes, Juliana não havia perdido o senso de humor. Com a cara toda amassada, parecia ter-se levantado da cama naquele instante, seus olhos estavam cercados de olheiras cinzas e profundas. Embora sem perder a piada, sua cara já não era a mesma. Naquela cela, sua juventude estava acabando depressa demais. Victor não a conhecia antes, até aos dezoito anos, bem mais linda, bem mais jovem, bem mais viva.

— Está sendo bem tratada? — indagou ele, abafando o nó que prendia sua garganta.

— Nem bem nem mal. Normal.

— Desculpe a besteira, estou sem cabeça.

Victor entendeu a última frase de Juliana. Dizem que a cadeia é amoral, tudo o que acontece lá dentro é *normal*. Contudo, não estaria sendo bem tratada e ele sabia disso.

— Há quanto tempo está presa?

— Uns três meses, doutor. Tenho perdido um pouco a precisão das datas, porque é melhor o esquecimento do martírio, do que a sua lembrança.

— Naquela noite, o que acha que aconteceu? — perguntou Victor.

— Devemos aceitar o que é impossível deixar de acontecer. — e ela continuou dizendo — a vida dá voltas.

— A vida dá muitas voltas, muitas voltas — repetiu Victor baixinho.

Olhando bem no fundo dos olhos do advogado, Juliana começou a rir, Victor também começou a rir. Ninguém entendia direito, era uma estranha sensação, de desgosto e alegria, de liberdade e opressão, tudo ao mesmo tempo.

— Então, doutor, vai me defender?

— Vou ver, menina, vou ver — nisso levantou-se e saiu.

— Fique com Deus — disse Juliana com voz rasgada e olhos cheios de lágrimas.

Com culpa ou sem culpa, Victor saiu com a certeza de que, sem uma boa defesa, a vida daquela moça já estaria no fim. Pegaria, sem dúvida, de vinte a trinta anos de reclusão. Negar seu patrocínio, entregar a causa à bajulação de Bertoldo, seria antecipar a condenação, seria aceitar a ilusão da justiça.

— Saia disso, doutor. Essa moça vai acabar com o senhor — disse, na porta da saída, um atrevido agente, querendo fazer gracinha.

Victor não respondeu, mas ficou irado. *Era ou não competente? Podia ou não dar conta de sua vida profissional? Não fora ele quem cuidou de todos os casos difíceis do escritório? Por que tanto medo? Por que não se julgar capaz?* Responder afirmativamente a tais indagações da mente, Victor sabia, equivaleria a assinar um atestado de inutilidade, a desvalorizar tudo o que tinha aprendido ao longo da vida. E quase entrando no carro, bradou:

— Que se lixe o Herbert! Quero vê-lo se virar sem mim.

Entrou no automóvel, respirou fundo, pegou o celular e ligou para o sr. Antônio, dali mesmo, do pequeno e esburacado estacionamento da Delegacia.

— Fala, meu doutor!

— Escuta, sr. Antônio, passe amanhã no escritório para conversarmos.

— Levo o dinheiro?

— Ajudaria muito. Até mais.

Fez marcha-ré, manobrou e pegou a única via alternativa ainda trafegável em direção ao centro. Por aquela estrada acessória, ainda não pavimentada nem calcetada, um tanto ou quanto estreita para dois carros, contornava dois problemas, as estradas esburacadas e o engarrafamento do centro, indo direto para a casa.

Na porta, à sua espera, estava seu sócio, Dr. Herbert. Logo que os olhares se entrecruzaram, ele sorriu.

— Que bom! Já estava um tempo à sua espera — disse.

— O que o traz? — perguntou Victor, um pouco ríspido.

— Queria me desculpar, amigo. Acho que fui pouco justo, hoje.

— Talvez você tenha razão — disse Victor incrédulo.

— Nada disso. Acho que você tem seus direitos. Não quero prejudicá-lo, só estava preocupado com os negócios. Se quiser pegar o caso — fez uma pequena pausa retórica —, você pode ficar afastado do escritório, até que tudo resolva.

— Afastado do escritório? — Victor fitou-o com ar de reprovação.

— Você vai ter menos tempo, não vai?

— Sim.

— Então, só quero ajudar. Você ficaria afastado dos serviços, do atendimento, até que terminasse esse processo. Depois volta. Não quer dizer que fica longe do escritório. Pode usar sua sala para trabalhar, preparar as testemunhas, traçar as estratégias com o James

— fez uma pequena inspiração novamente. — Só fica afastado dos trabalhos, para ter mais tempo.

— Está bem, Herbert. Se ficar bom para você, pra mim está ótimo. Não quer entrar?

— Não, obrigado, tenho um encontro às sete.

— Boa noite!

— Mais uma coisa. Não pense que vai ser fácil. Prepare-se!

— Obrigado pelo aviso.

* * *

Sr. Antônio chegou cedo ao escritório. Para os seus modos e a ocasião, estava bem vestido. Camisa comprida, calça social bem aprumada, sapatos engraxados com o esmero de um militar. Tudo na linha, como se diz no popular. Conversou por horas com Victor e James, contando as dificuldades, prazeres e angústias de criar sozinho uma filha. Ninguém o atrapalhou. Deixaram o homem desabafar. Ambos sabiam que ao advogado é preciso também a peculiar sensibilidade de um psicólogo.

Por fim, virando-se para Victor, disse:

— Sabe, filho, só falei de seu pai porque não teve outro jeito.

— Eu sei, sr. Antônio. Eu sei.

— Mas tem mais uma coisa.

— O homem está animado! — disse James.

— Fui seu padrinho de batismo. Eu não disse antes para não te assustar.

— É sério? — perguntou Victor com cara de incrédulo.

— Você era muito pequeno. Não se lembra, mas é verdade. Foi na igreja de São Félix. Quem era para ser seu padrinho, era seu Romão. Mas como o homem demorou, eu segurei a vela. No papel foi ele, mas eu é que fiz o voto.

— Dizem que Deus escreve certo por linhas tortas. Vai ver é verdade mesmo — disse Victor.

— Agora, se me dão licença, preciso fazer umas compras. A Juliana, sabe, está precisando de algumas coisas.

Após se despedir, Victor pediu para dona Deise acompanhá-lo até à porta.

— O que vamos fazer, doutor? — perguntou James eufórico, logo que sr. Antônio saiu da sala.

— Em primeiro lugar, pensar.

— E a minha parte?

— Sua parte? — Victor virou-se um pouco surpreso.

— Ele não deixou cinco mil reais?

— E daí?

— Eu quero saber quanto vou receber.

— É assim? Você não espera saber quanto vamos gastar, o que vai ser preciso? Isso aqui não é uma feira, não, James, é um escritório de advocacia — disse Victor muito contrariado.

— Me desculpe, doutor. Foi a empolgação.

Mas é sempre assim. Os seres humanos não se corrigem nem se distinguem dos demais. O fetiche do dinheiro muda a cabeça de todo mundo. Quando é para receber, falta ponderação, falta bom--senso, o egoísmo e a cobiça preponderam. Não era culpa de James, mas sim da própria condição humana, que fazem de quase todos uma multidão de insaciáveis. Como disse Hamlet, *que nojo o mundo, este jardim de ervas daninhas.*

Passada a tentação, os dois advogados gastaram o resto da manhã pesquisando, procurando posicionamentos jurisprudenciais, argumentos robustos a desmotivar a decisão que fundamentou a prisão de Juliana e justificar uma possível revogação da preventiva.

Depois do almoço, Victor foi para a casa. Queria descansar um pouco e, enfim, oxigenar o cérebro e recuperar a velocidade de raciocínio, perdida nas últimas noites mal dormidas. Mal encostou a cabeça, o telefone tocou.

— James, que foi?

— *Ligue a televisão, agora!*

Levantou-se num pulo, correu, procurou desesperadamente o controle por sobre a mesa, talvez perdido no meio de um amontoado de papéis, mas estava no chão, ao pé da cama. Ligou o aparelho. Sr. Antônio estava sendo entrevistado, explicando o porquê da inocência de sua filha e por que logo sairia da cadeia. Porque, agora, o advogado conhecia os ricos. Não era um qualquer.

— Meu Deus! Meu Deus! Ele estragou tudo — resmungou Victor, ainda descrente do que estava vendo.

O resto do noticiário regional foi todo ele dedicado ao homicídio de dona Atenéia. O caso inteiro foi novamente reprisado, os peritos e o delegado foram entrevistados novamente, tudo a demonstrar as razões lógicas que levavam a autoria à Juliana, a moça desmedidamente ambiciosa, que se aproveitara da boa vontade e confiança de uma família para levá-la à tragédia. Victor trocou de canal, mudou novamente, voltou. Parecia uma praga. Juliana não estava apenas no noticiário do principal canal da cidade, mas em todas as emissoras de televisão com transmissão local, com sua foto ampliada no écran e, especialistas, médicos, psicólogos, sociólogos, religiosos, divagando sobre a sua personalidade e os males da educação juvenil na atualidade. Representantes da alta sociedade prometiam unir esforços para impedir que o caso ficasse impune.

Victor estava simplesmente horrorizado com toda aquela publicidade horrível e súbita conferida ao caso. Sabia que isto aconteceria, mas não esperava que fosse tão repentino. Com todo esse dano, provavelmente imensurável, uma coisa ficava certa, não poderia mais recuar, o seu nome já estava atrelado à causa. Sem a mais a fazer, aguardava, agora, ansioso, a reação do Judiciário. Acomodou-se em sua mesa e passou a tarde toda estudando, à espera que o tempo minorasse as irremediáveis sequelas da propaganda negativa.

* * *

No dia seguinte, por volta das nove horas, foi ao Fórum, queria conversar com o juiz, sentir como repercutiu o noticiário do dia anterior. A porta da sala do magistrado estava entreaberta. Victor encostou-se um pouco, apenas para ver quem se encontrava lá dentro. Apenas o Juiz e o Promotor, Dr. Alexandre Dumas, conversando sobre algo ininteligível. As incessantes batidas de um martelo no Cartório, provavelmente alguém teimando em firmar alguma prateleira, já amolecida pelo tempo e sobrecarga de tantos processos em suas estantes. Após três leves toques na porta, Victor foi entrando.

— Com licença, doutores.

— Doutor Victor, quanta honra em recebê-lo nesta Vara — disse o Juiz, Dr. Leonardo, como sempre, muito educado.

— O prazer é meu, doutores.

— Sinceramente, perdoe-me, doutor, jamais esperava vê-lo por aqui — complementou o promotor.

— Sabem que estarei no caso da acusada Juliana, não sabem?

— Sabemos, doutor — respondeu o juiz.

— A propósito, Excelência, pretendo pedir a revogação da preventiva.

— Pouparei seu tempo — intrometeu-se o Dr. Alexandre —, o parecer será contrário. Portanto, pedido negado.

— Não o fiz ainda, doutor. Só disse que pretendia fazê-lo por escrito e...

— Eu disse: "Pedido Negado!" — repetiu o Promotor.

— Promotor agora é mais do que juiz — ironizou Victor —, pode indeferir sumariamente?

— Está bem, peça por escrito e terá a resposta... que já conhece — respondeu finalmente o juiz, Dr. Leonardo.

Assim, nos três dias seguintes, Victor e James trabalharam duro, com total foco no pedido de revogação da prisão preventiva de Juliana. O trabalho, não tanto para o aprofundamento da peça, mas a sua redução à forma simples, clara e direta, a ponto de carregar inquestionável clareza.

Além da sumária narração dos termos da acusação e os motivos que justificaram a decisão do magistrado, começaram por apontar a natureza taxativa das razões legais para uma ordem de prisão, antes mesmo de findar o processo. Não que o juiz não pudesse, mas seu mandado deveria especificar um motivo concreto, não meras suposições. Combateram o uso de argumentos especulativos, travestidos de legalidade, no único intento de antecipar uma futura pena. Por fim, apelaram ao valor supremo da Constituição, que tão somente permite, em caráter excepcional, o encarceramento do indivíduo, antes do trânsito em julgado da sentença. Sem lastro em razões concretas, objetivas e individualizadas, a prisão não fazia sentido. Três meses de prisão, três meses de sofrimento, sem que houvesse sequer uma audiência, bastavam, por seus próprios argumentos, para justificar a liberdade da acusada.

Veio a agonia da espera. Nisso James foi muito útil. Do cartório para o juiz, era preciso solicitar o despacho; do juiz para o cartório, era também preciso solicitar a conclusão. Assim foram tantas as solicitações, quantos andamentos necessários à decisão final do juiz. Finalmente, com quase dois meses de protelações, saiu a decisão do magistrado:

Ante o exposto, porque não me ficaram evidenciados elementos suficientes a justificar uma mudança na condição da ré e porque assim o requer a ordem pública, maiormente quando toda a opinião pública e a sociedade em geral demonstram assombração com uma possível soltura da acusada, face à gravidade do crime, indefiro o pedido de liberdade provisória.

— É um absurdo! — James gritou consternado.

— Calma, calma. A gente vai conseguir — foi tudo o que Victor pode dizer no momento.

O que mais poderia dizer? Poupava as palavras para a consolação da moça que havia depositado todas as esperanças de liberdade sobre os seus ombros. Pensava no que contar para acalmá-la, para convencê-la de que sobravam ainda alguns recursos; para fazê-la entender, mesmo sendo moça bem formada, de que o indeferimento de um juiz de primeiro grau, não significava, por lógico a mesma negação nos tribunais. Mas o mundo não se guiava pela lógica porque, por lógico, também Juliana deveria estar solta.

Surgiu-lhe repentinamente a lembrança do que sempre ensinaram os grandes juristas. Melhor que a sentença não errasse, antes fosse uma só, tão cega quanto à deusa da justiça, sem considerações à pessoa, em razão de suas grandezas ou situação social. Nunca viveu a experiência de um juiz. Não queria julgá-lo por isso, porque também não desejaria ser julgado pelo fato de ser advogado. Porém, acreditava na toga, tão venerável quanto às vestes sacerdotais, como um convite à integridade, longe da indiferença pelos pobres ou clamor pelos ricos.

Victor não deixou para depois, foi direto para a Delegacia conversar com Juliana. Já que a notícia não era boa, não havia razões para a demora em comunicá-la. Pediu a James que contasse tudo, pois não queria ser o mensageiro das más notícias. Ao bom advogado é esperado apenas contar as boas notícias.

— Já esperava, doutor — disse Juliana com serenidade e surpresa de todos. — Eu só desejo que façam tudo o que for possível. Para mim já será um grande consolo.

— Obrigado — foram as únicas palavras de Victor. Saiu e deixou James explicando quais seriam os próximos passos.

Cabia um só remédio, o *habeas corpus* no tribunal de justiça. Mas cada dia perdido contava em desfavor de Juliana, porque, quando se está preso, cada minuto que passa é, sem dúvida, um infinito desperdício de tempo.

Preparou a peça, escolheu algumas poucas e boas vestimentas, e foi se entregar ao martírio de mais de novecentos quilômetros de rodovia, não duplicada, mal sinalizada, em permanente reparo. Sentiu na pele a dor de sua escolha e o castigo por ser do interior, sem aeroporto, sem via férrea, sem estrutura alguma. Mas não existia outra opção. James não poderia ir por causa dos afazeres do escritório; usar do protocolo integrado seria o mesmo que se entregar ao puro deleite dos deuses, porque, um solitário *habeas corpus* no tribunal, sem um solicitante, sem um verdadeiro interessado, demoraria mais tempo para ser julgado do que uma apelação cível.

Passou um mês inteiro na porta do tribunal. Ora conversava com a secretária, ora com os assessores. De vez em quando conseguia ser recebido, pessoalmente, pela Desembargadora relatora e suplicar seus males e a necessidade de um julgamento célere ou, no mínimo, uma apreciação da liminar. Nesse ínterim, fora avisado por James que o Dr. Leonardo, ao receber o pedido de informações, acelerou de forma surpreendente os trâmites do processo. Aguardava-se apenas a pronúncia — a decisão de mandar ou não Juliana para ser julgada perante o tribunal do Júri. Victor não estava preocupado, pois haveria de ouvir novamente todas as principais testemunhas no plenário do Júri, caso viesse a participar. Além do mais, a convicção do magistrado já estava formada, não seria sua presença capaz de mudar isso. Preferiu concentrar-se nos esforços de conseguir uma decisão favorável no tribunal.

Dos honorários adiantados por sr. Antônio, já não sobrava nada. Não que tenha se hospedado em um dos melhores hotéis ou frequentado os bons restaurantes. Mas é assim a vida de um criminalista, num país que ainda luta para se libertar do clientelismo. Às vezes alguém se queixava de precisar de uns remédios caros para o filho; noutras, faltava até o próprio sustento. Assim foi, mas Victor não se lamentou, queria uma decisão favorável e, porque os fins justificavam os meios, não mediu esforços, fez-se absolutamente compreensível, principalmente com os servidores de baixo escalão, fazendo-se acreditar em suas necessidades. Sabia que, embora com pouca ou nenhuma autoridade, qualquer processo poderia ficar emperrado por anos, perdido em algum canto, debaixo de um balcão, porque não foi dada a devida atenção aos *pequenos* serventuários.

Juliana foi pronunciada e, no dia em que o juiz marcou a data de seu julgamento, Victor retornou à cidade, na esperança de que, no máximo, em uma semana, sairia a decisão do tribunal.

* * *

Victor não suportava mais a voz de sr. Antônio. Ele ligava todos os dias, três, quatro, cinco vezes. Sempre perguntando a mesma coisa: *por que está demorando tanto? Que dia Juliana estaria em casa?* Quando Victor parou de atender suas chamadas, decidiu acampar-se na porta do escritório.

— Sr. Antônio, por favor, vá para casa. Não adianta o senhor ficar aqui — disse-lhe James, já aborrecido com essa impertinência.

— E a minha filha? Ela vai ficar na cadeia?

— Estamos fazendo o máximo possível — respondeu James.

— Não é justo. Eu paguei para que soltem a minha filha. Não é justo!

— Agora somos culpados? — indagou Victor, aproximando-se dos dois.

— Eu não sei. Soltem minha filha ou devolvam o meu dinheiro.

— O Sr. já está falando besteira. Por favor, vá para casa — implorou James.

— Não é justo, não é justo, não é justo — saiu repetindo estas palavras, até desaparecer pela esquina.

— Grande idiota! — disse Victor em tom insultuoso.

Ninguém mais tinha energia e paciência para suportar sr. Antônio e as suas amarguras da espera. Victor andava quase sempre cabisbaixo. Arrependera-se de ter tomado essa decisão. Presenciava, de camarote, sua vida indo por ralo abaixo, sem poder fazer muita coisa. Era orgulhoso e valente demais para desistir, mas seus olhos não o deixavam mentir, demonstravam muito cansaço e sofrimento. *Malditos sonhos, maldito passado, maldito James*, pensou, no mais absoluto silêncio, como se desconfiasse que o próprio tempo ousasse fazer intriga com suas lamentações. Perdera a condição de suportar tanta ansiedade. Todos os dias, prometia para si mesmo, *vou desistir, vou desistir*. Cada vez mais se aproximava a data para o julgamento e, como tudo indicava, Juliana seria julgada ainda presa.

* * *

Alguns dias antes do julgamento, James chegou correndo, aos berros:

— Conseguimos, conseguimos, conseguimos!

Victor não acreditava no que acabara de ouvir. Tentou ligar seu *notebook*, mas o nervosismo não deixou. Sabia que se tratava da decisão do tribunal, porém, não queria ter a certeza, com medo da desilusão. Sem mais segurar a tentação, saiu correndo ao encontro de James:

— O que foi, amigo? O que foi?

— O tribunal concedeu! Conseguimos! Conseguimos! — gritou James de volta como um eco.

Os dois colegas se abraçam no corredor, batendo, enérgica e reciprocamente, um nas costas do outro.

— Conseguimos? — perguntou Victor aliviado.

— Conseguimos, doutor. Estão encaminhando a decisão para o cartório — completou James a informação.

— Então, vamos lá. Temos que fazer cumprir o mandado.

Partiram os dois para o Fórum Teixeira de Freitas. Victor, tão entusiasmado, esquecera-se até do paletó e da gravata. Mas, naquela hora, nada mais importava. Parte da agonia tinha se dissipado. Sentia-se leve, muito leve. Parecia até que, qualquer hora, poderia sair voando. Nem se quisesse poderia esconder a alegria e o alívio que estava sentindo.

O átrio do Fórum estava cheio de jornalistas, todos querendo saber da novidade. Quando viram Victor entrando, todos correram ao seu encontro, ávidos por um comentário, uma palavra, qualquer coisa.

— Dr. Victor, Dr. Victor.

Com uma legião de seguidores atrás, Victor não quis parar. Não, não falaria nada. A imprensa não merecia, pois se comportara absolutamente parcial, contrária à liberdade de Juliana. Mas seu orgulho falou mais alto.

— Dr. Victor, será que o juiz vai achar isso justo? — perguntou uma jornalista da Rádio FM local.

— Eu sou advogado de verdade, pois eu consegui o *habeas corpus*. Eu digo o que é a Justiça!

Até mesmo James ficou olhando assustado. Não reconheceu naquela pessoa o mesmo Victor de antes. Nem o próprio Victor se identificou naquela fala. Tentou dizer algo eloquente, bonito, digno de suas qualidades, mas uma estranha sensação apropriou-se injustamente de sua voz e fê-lo exaltar sua própria vaidade.

A escrivã, muito a contragosto, com uma calma de fazer inveja a qualquer tartaruga, digitava o mandado, letra por letra.

— Não fosse patético, seria engraçado — disse Victor a James em tom de recado.

— É uma indireta, doutor? — perguntou ela.

— Não, essa foi bem direta — respondeu Victor.

James não conteve a gargalhada e saiu pela porta, em direção ao corredor, para rir sem parar.

Com a ordem pronta, tiveram que realizar uma outra diligência. O oficial se encontrava no município vizinho e, como o único ônibus para aquela região estava quebrado, teriam de buscá-lo ou aguardar, para amanhã, o cumprimento do mandado. Claro, decidiram ir buscá-lo, o mais rápido possível.

* * *

Chegaram à Delegacia por volta das cinco e meia da tarde. Nem parecia o mesmo lugar. As detentas, todas eufóricas, estavam em festa. Viviam, no espírito, a própria alegria de Juliana. Era como se todas ganhassem, pela vitória de uma delas, a mesma glória da liberdade.

— Vamos, menina, você está livre — disse Victor.

Sr. Antônio chorava copiosamente. Juliana, sem acreditar, tremia o corpo todo. Na saída, suas pernas fraquejaram, quase caiu. Teve de segurar nos ombros de James, que estava mais próximo. Victor se emocionou, não se conteve. Tendo outras vezes presenciado essa mesma cena, não havia se acostumado. Aliás, jamais se acostumaria. Mais do que parte de sua condição humana, era um alerta, um saudável sinal de que, apesar de ser advogado, apesar de poder conviver com tantos infortúnios e miséria alheia, não havia perdido o sentido de humanidade.

Desceram a rampa do estacionamento, em direção ao carro. Juliana manteve-se firme, olhar sempre fixo no horizonte, como se pressentisse rondá-la a maldição da esposa de Ló e não pudesse olhar para trás. Lá embaixo, todos se acomodaram no carro de Victor e seguiram viagem.

Em Riachão, a rua de sr. Antônio não cabia mais uma só alma viva. Todos queriam ver Juliana e agradecer ao Dr. Victor. Claro, metade estava ali por compartilhar a mesma alegria; a outra metade, somente por curiosidade ou indomável vontade humana de presenciar a desgraça alheia. James e Victor não ficaram por muito tempo, pediram licença e, com a desculpa do percurso, voltaram para casa.

— Depois apareço por lá, para agradecer — disse Juliana ao se despedir.

James veio dirigindo. No caminho, a cabeça de Victor não parava de borbulhar. *O que estaria passando na mente daquela moça? Ela seria culpada? Estaria com medo do julgamento? Aguentaria passar uns vinte anos na prisão?* Pensou tanto que começou a sentir uma leve dor de cabeça. Tentou relaxar. Enfim, adormeceu, acordando apenas quando James o deixou na porta.

* * *

Não era possível! Dona Deise só teve forças para fechar os olhos, horrorizada, inerte, congelada. Victor não acredita no que via, sentiu-se violentado na própria carne. Herbert também olhava assustado, sem querer aceitar que alguém, na *pacata* Cidade do Oeste, pudesse, um dia, ousar desrespeitar um escritório de advocacia.

A parede, toda ela, do primeiro ao segundo andar, estava toda manchada de tinta vermelha. Coisa de profissional, pois parecia realmente banhada de sangue. Na porta, um letreiro em tinta preta, bem grande, com a seguinte mensagem:

Deixe de atormentar a memória dos que merecem descanso. Se com a morte preferes nos zombar, o mesmo destino ser-lhe-á também reservado. Pare ou MORRA!

Depois de alguns segundos desorientados, Herbert ligou para a polícia que, logo, mandou dois investigadores para o local. Entraram, inspecionaram o interior do escritório, viram que nada foi arrombado, fizeram algumas perguntas e foram embora.

Na saída, um deles ainda disse:

— Acho melhor mandarem pintar a fachada.

— Que ótimo! — James replicou.

Todos estavam apreensivos, mas tinham a certeza de duas coisas. Primeiro, quem ordenou essa barbárie não era burro, a frase estava muito bem redigida. Segundo, tinha uma boa situação econômica, porque o serviço foi de primeira. Terceiro, tinha uma ligação direta com o processo de Juliana, pois não havia outro motivo.

Todos entraram. Não havia a mínima condição de trabalho, mas ninguém ousou demonstrar isso publicamente.

Dez minutos depois, Victor teve a ligeira impressão de ter ouvido gritos. Parou, prestou mais atenção. Alguém chorava, o barulho vinha da recepção. Saiu correndo, deparou-se com os outros dois colegas.

— Meu Deus, meu Deus — dona Deise aos prantos.

— O que aconteceu? — perguntou James.

— Alguém disse que vai botar fogo no escritório. Que vai nos matar.

— Quem? Onde? — quis saber Herbert, nervoso.

— No telefone, no telefone — disse dona Deise, soluçando.

De novo, chamaram a polícia. Os mesmos agentes apareceram. Fizeram algumas perguntas e anotaram alguma coisa. Olharam, olharam, olharam. Depois, murmuraram algo incompreensível e saíram. Na dúvida, ninguém também ficou.

Já na saída, Victor se encontrou de frente com Juliana.

— Doutor?

— Oi, Juliana. Vinha me visitar?

— O que aconteceu?

— Deixa quieto. Deve ter sido algum insano mal resolvido. E o seu pai?

— Ele vinha comigo, mas chegou um pessoal lá em casa.

— Como pode ver, não dá para ficar por aqui.

— Ainda mais comigo do seu lado — disse Juliana rindo.

— Quer conhecer a minha casa?

— Seria um prazer.

* * *

Conversaram por cerca de duas horas, sobre quase tudo. Victor adorou. Juliana, muito inteligente, sabia agradar as pessoas, tinha um fino tato para identificar o gosto alheio e criar uma conversação prazerosa. Foi bom, muito bom. Victor sentia-se de alma lavada. Pelo menos não pesaria sobre as suas costas o remorso de soltar alguém que não fizesse jus à liberdade.

— Meu Deus, já são quase três horas da tarde! — exclamou Juliana.

— Tem razão, passou tão rápido que nem notei — completou Victor.

— Mas preciso ir. Meu pai já deve estar preocupado.

— Tchau! Adorei conversar contigo.

— Tchau! — respondeu ela.

Nisso Victor encostou de leve no corpo de Juliana e beijou sua face.

— Você merece mais — disse Juliana.

Ela virou e, de leve, deu-lhe um beijo na boca. Victor estremeceu, devido ao fato, talvez, de ficar tanto tempo sem namorar, longe do calor feminino. Mas sabia que deveria se conter. Seria um ato de mais absoluta falta de profissionalismo se relacionar com uma cliente, uma cliente que, em menos de cinco dias, estaria sendo julgada por homicídio qualificado. Voltou a si e afastou-se de uma só vez.

— A loucura é mulher apaixonada, e não sabe coisa alguma — disse ele, ainda com um olhar de assustado. — As águas roubadas são doces, e o pão comido às ocultas é agradável. Mas é ali que estão os mortos, as profundezas do inferno para todos os convidados desprecavidos.

Juliana começou a rir.

— É provérbios, doutor — e saiu rindo.

Victor ficou estagnado na porta, com uma estranha sensação de que estava se esquecendo de alguma coisa muito importante.

* * *

Quatro horas e alguns minutos, James chegou, com o nome de todos os jurados convocados para o julgamento. Quatorze eram mulheres, entre trinta a quarenta e cinco anos de idade, todas casadas, temendo provavelmente perder o marido por qualquer uma das raparigas novas que atacavam nos bailes de sábado.

— Essas mulheres, com certeza, não faltarão à sessão — disse James.

— Essas mulheres, com certeza, vão odiar Juliana — respondeu Victor.

O resto da lista era mais desesperançoso ainda. Tinha oito médicos, possivelmente amigos ou conhecidos próximos de Dr. Agamenon. Mais três jovens, duas moças e um rapaz, todos de família da alta sociedade.

— Tem certeza de que estes nomes foram sorteados?

James riu.

— Uma das senhoras faz Psicologia — disse, tentando amenizar a situação.

— Na certa, vai achar que Juliana é louca — respondeu Victor decepcionado.

Sentou-se no sofá pensativo, um pouco desolado. Haveria de ter um jeito e estava disposto a encontrá-lo. Nisso, o telefone fixo tocou. Victor assustou-se. Nem mesmo dona Deise estava autorizada a ligar para o fixo.

— *Venha para cá imediatamente. É urgente!*

— Aonde? — perguntou confuso.

— *Agora, para o escritório.*

Endireitou a gola da camisa e saiu apressado.

* * *

Um grupo de, aproximadamente, quinze a vinte pessoas estava na frente do escritório, ostentando cartazes, com dizeres de todos os tipos e níveis: *advogados filhos da...*; *lutem pela justiça, não por dinheiro*; *defender o mal é pecado*, etc.

Victor não pode ler tudo porque entrou correndo, na tentativa de evitar que alguém o visse. Mas um dos manifestantes avisou para o resto do grupo de que os advogados estavam lá dentro, e todos passaram a gritar palavras de ordem, no mais baixo linguajar de ódio e intolerância.

— Somos advogados, eles têm que saber respeitar. Chame a polícia — Victor ordenou para dona Deise.

— Eu te falei. Eu te falei — se lamentou Herbert, olhando para Victor com raiva.

— Falou o quê? Eles têm que respeitar.

A polícia não demorou. Chegaram duas viaturas da P.M. Em poucos minutos, já não tinha mais ninguém do lado de fora.

Victor olhou pela janela, confirmando se todos já tinham mesmo ido embora.

— Bando de loucos! — reclamou indignado.

— Loucos? — perguntou Herbert. — Louco é você. Eu te falei, mas está obcecado. Sua obsessão vai nos levar à falência.

— Nós somos advogados, Herbert. Eles precisam respeitar — repetiu Victor.

— Nada disso! As coisas estão ficando perigosas. Você não vê, quer jogar fora sua carreira.

— Só lamento, mas não posso desistir agora.

— Então vai se afundar, mas vai se afundar sozinho, porque estou fora — disse Herbert, agora com desprezo.

— Eu sei o que estou fazendo, tudo vai dar certo.

— Você não pode prometer o que não pode cumprir. Vai se afundar.

Victor não quis ouvir mais nada e saiu. Herbert poderia fazer o que entendesse melhor, estava pouco se lixando. Quisesse terminar a sociedade, que terminasse; quisesse reclamar, que reclamasse sozinho. Não ficaria ouvindo baboseiras, precisava se concentrar para o julgamento, precisava provar que tomou a decisão certa. Era preciso cuidar da lista dos jurados, portanto, estava sem tempo para as reclamações de Herbert ou protestos e ameaças de intransigentes.

Quando chegou em casa, James já havia preparado quase todas as fichas. Contou tudo o que aconteceu e a reação final de Herbert.

— Que ótimo! — disse James.

— Ótimo?

— Claro. Podemos pedir o desaforamento.

— Será que dá certo?

— Não custa tentar — respondeu James.

Victor não tinha muita certeza se a medida daria certo, mas, não custava tentar. Decidiu então pedir o desaforamento, a transferência do julgamento para uma outra cidade, alegando a falta de imparcialidade dos jurados. Digitaram tudo naquele mesmo final de tarde. Amanhã, mandaria para o tribunal por fax, depois encaminharia, por sedex, o original.

— Na certa — disse Victor, revisando a estratégia com James —, o tribunal suspende o julgamento e a gente ganha um pouco mais de tempo.

Os dois advogados se entreolharam e voltaram ao trabalho. Não fosse a aproximidade do julgamento, restariam mais esperançosos...

* * *

Na véspera do julgamento, saiu a decisão do tribunal. Não haveria suspensão nem desaforamento do processo. Tudo fora negado monocraticamente.

— Não há mais jeito. Vamos para a guerra — disse Victor.

Ele estava firme, mas preocupado. Preocupado com a mentalidade dos jurados, porque sabia que o Fórum estaria lotado, apinhado de gente, cercado de protestos por todos os lados. Que não fossem equivocadamente influenciados pelas manifestações.

Conversou com Juliana, explicou as chances de sucesso e derrota, pediu serenidade e confiança, depois, foi para casa.

Naquela noite, sentindo as pernas fraquejarem, rezou. Não pediu a Deus nem vitória nem derrota, absolvição ou condenação, apenas forças, para que pudesse terminar o julgamento, pôr fim ao martírio.

Quando chegou ao tribunal, todos praticamente já estavam lá. O promotor, perto da entrada, estava sendo entrevistado pela televisão local. Não pôde fugir à curiosidade e se aproximou para ouvir o que dizia.

— O sr. simpatiza com a defesa? — perguntou uma jornalista.

— Claro que sim, também sou humano. Não sou nenhuma máquina insensível, mas o povo desta cidade confia em mim, confia no Ministério Público, para fazer com que se cumpra a lei. Nossa sociedade — continuou o promotor — não pode perdoar nenhum assassino, homem ou mulher, em nenhuma circunstância. Nossa sociedade espera ansiosamente o restabelecimento da justiça.

Victor se afastou e foi-se juntar aos outros dois advogados. Fosse a vontade de Victor, Bertoldo não participaria do julgamento. Era vago demais, solícito demais com as autoridades. Tanto é que estava lá a pedido do ex-prefeito de Riachão. Mas não poderia recusar-lhe o direito. Tinha por direito participar do julgamento, pois, sozinho, acompanhou a instrução criminal.

Um pouco depois, Juliana chegou com o pai. Tremia muito. Os olhos avermelhados, pareciam doentes, indicavam, provavelmente, tivesse chorado durante toda a noite. A multidão aglutinou-se em volta dela, tentando agredi-la e gritando.

— Assassina! Assassina! Assassina!

Só conseguiu entrar no salão com a ajuda de policiais que, com uso de força moderada, fizeram dispersar a multidão e abrir passagem.

A sala estava cheia nem de pé tinha espaço para mais alguém. Tanta gente, todos ávidos para saborear a desgraça alheia. Todo aquele cenário não deixava também de ser uma forma de diversão, um momento de se fugir da própria vida e ocupar-se da dos outros. Era assim que os presentes esperavam deliciar-se com o processo, do mesmo modo que saboreiam uma peça teatral ou um espetáculo cinematográfico. Estava ali representado o fiel retrato da plateia para com os gladiadores, no Coliseu.

Feito o pregão, confirmando a presença de dezessete jurados, o juiz, Dr. Leonardo deu início aos trabalhos. Um por um, foram sorteados os sete jurados que decidiriam a vida de Juliana. Nenhum dos lados recusou os nomes sorteados. O promotor, Dr. Alexandre, porque lhe eram favoráveis; Victor, porque não havia melhor opção. Foram sorteados dois médicos, quatro senhoras e um dos jovens, que prometeram julgar de acordo com a própria consciência e os ditames da justiça.

Era um julgamento de poucas provas. O Ministério Público arrolou o Delegado que vistoriou o local e uma amiga da vítima. A defesa, por sugestão de Bertoldo e apoio de James, indicou o pastor Ravi.

Enquanto durou a oitiva das testemunhas da promotoria, a defesa manteve-se serena. Os três advogados concordaram que não seria uma boa ideia questioná-las. Qualquer tentativa errônea poderia ser um tiro pela culatra.

Já perto do meio dia, pastor Ravi subiu para depor.

— O senhor conhecia dona Atenéia? — perguntou Victor.

— Sim, doutor, muito bem.

— Sabia que Juliana morava com eles?

— Claro, eu que levei a menina Juliana pra lá.

— Como assim? — Victor fingiu não compreender.

— O Dr. Agamenon queria uma boa menina para fazer companhia à esposa.

— Juliana era uma boa menina?

— Com certeza. Ela trabalhava comigo na Igreja.

— Ela seria capaz de matar a senhora Duarte?

— Jamais, doutor. A Juliana que conheço não teria coragem de matar alguém. Muito menos a senhora Duarte, quem tratava como mãe.

— Sem mais perguntas — disse Victor.

O Promotor sorriu. Tinha se preparado bem para aquele momento. Atacou com pesada artilharia.

— O senhor é pastor, não é?

— Sou sim, senhor.

— Trate-me por doutor. Não é assim que há pouco se dirigia ao advogado?

— Desculpe, foi sem querer — justificou-se o pastor Ravi, sem graça.

— Está aqui para ajudar a Juliana, não é isso?

— Não, doutor, não é isso — respondeu hesitante.

— Então por que está aqui? Por que veio? Por que veio? Não sabe que não é obrigado a depor? — o Promotor começou a bombardeá-lo de perguntas.

— Sim, eu sei. Eu sei.

— Então diz que não veio ajudar a moça?

— Excelência — protestou Victor —, a testemunha já respondeu a essa pergunta.

— O senhor tinha um caso com a acusada?

— Não, senhor. Não podia, ela era menor — Pastor Ravi respondeu nervoso.

— Quando o senhor a conheceu, quantos anos ela tinha?

— Excelência, por favor, a pergunta é impertinente — foi a vez de James protestar.

O juiz fingiu não escutar, mantendo-se imóvel. O Promotor continuou:

— Quando o senhor a conheceu?

— Acho que ela tinha quinze anos.

— O senhor nunca teve um caso com uma menina de quinze anos? — insistiu o Promotor.

— Excelência, isto é absurdo, a testemunha não está sendo julgada — protestou Victor com veemência.

Então, o juiz interveio.

— Por favor, Dr. Alexandre, não abuse, limite-se a questões pertinentes.

— Mas é importante, Excelência, refere-se à credibilidade da testemunha — explicou o Promotor.

— Está bem, mas não exagere.

— Então... pastor... o senhor já teve ou não um caso com uma adolescente? — perguntou novamente, fingindo não lhe afetar a advertência do juiz.

— Por favor, doutor, respeite a função — disse o juiz impaciente.

— O senhor já foi processado por algum crime? — refez a pergunta.

— Claro que não — respondeu o pastor.

— Tem certeza? — insistiu o promotor.

— Que eu saiba...

— Em março de 1998, uma mãe não deu queixa do senhor, alegando que sua filha de quinze anos, de quinze anos, estava tendo um "caso" com o senhor?

— Objeção, Meritíssimo — protestou Victor —, o Pastor não está sendo julgado.

— Teve ou não teve um caso? — o magistrado repetiu a pergunta.

Pastor Ravi ficou em silêncio, não respondeu nada.

— Pensei que não, pensei que não — disse o promotor em tom macio, olhando bem direto nos olhos do pastor.

— A defesa protesta, Excelência. O promotor está tirando conclusões — reclamou Victor novamente.

— Sem mais perguntas — disse o promotor, enquanto voltava para o seu assento.

O interrogatório, conduzido diretamente pelo juiz, não trouxe nada de novo. Pelo contrário, fora maçante e enfadonho.

Depois do almoço, começaram os debates. Primeiro o promotor, representando a acusação. Dr. Alexandre não foi muito agressivo nem deselegante ao extremo. Falou por cerca de uma hora e meia, confiante, sabedor da verdade, demonstrando como a vítima sofrera antes de morrer; como só poderia ter sido alguém com as chaves da casa; que Juliana tinha todos os motivos para praticar o homicídio.

— Quem veio testemunhar em prol da acusada? Um amigo, uma amiga? Não, ninguém. Apenas um estranho, um americano que se diz pastor, mas que, infelizmente, tem passagem pela polícia, acusado de pedofilia.

Virou-se para Juliana e, apontado o dedo em sua cara, disse:

— Esta mulher é inocente? Ela não teria coragem de matar alguém? O que ela então está fazendo aqui? Está aqui, está sendo julgada porque é uma assassina fria e calculista! Mas ela e seu advogado — virou-se para Victor —, ela e seu advogado querem tirar a justiça das nossas mãos. Mas todos sabem a verdade, e vocês só precisam de coragem para confirmar que a ré é culpada. Culpada! Culpada!

Esgotado o tempo, retirou-se para o seu lugar, com olhar triste e ar de preocupado convicto.

James tomou então a palavra e, exageradamente, passou quarenta minutos cumprimentando o magistrado, o promotor, os serventuários, as autoridades presentes, os representantes das autoridades ausentes, os familiares da acusada, os conhecidos da acusada, os policiais de plantão etc. Quando virou para, finalmente, cumprimentar os jurados, já estavam quase dormindo.

Embora tarde demais, Victor se sentiu na obrigação de cortar-lhe a palavra e dar continuidade.

— Senhoras e senhores jurados, desculpem-me pelas palavras maçantes e exageradas do colega. Como todo iniciante, na ânsia da perfeição, é dado a cometer excessos.

A plateia riu. James não gostou.

— Quais são as provas, senão conjecturas? Como deduzir a autoria? Pela força das facadas? Existem indícios, é verdade, mas indícios não são provas.

— Indícios não são provas, doutor? — aparteou-lhe o promotor.

— Não são provas.

— O que diz a lei? — perguntou o promotor, segurando o Código de Processo na mão esquerda.

— A lei diz que são.

— Afinal, são ou não?

A plateia riu mais uma vez.

— Para mim, não são provas. São frágeis deduções preconcebidas — disse Victor, enraivecido.

Bebeu um pouco de água, respirou fundo e tentou se concentrar, antes de retomar a fala.

— Há dúvida, senhoras e senhores. Ninguém aqui pode ter a certeza de nada. Na dúvida, diz a lei, o réu deve ser absolvido.

Victor tentou buscar o máximo de inspiração, esforçando-se para que suas palavras penetrassem no espírito de cada jurado, mas sentia-se seco, técnico demais, tributarista demais.

Faltando vinte minutos para o tempo da defesa, passou a palavra para o colega Bertoldo.

— Excelências, nós viemos aqui pedir justiça — começou Bertoldo. — Não se trata apenas de saber se a acusada é inocente. É fato que ela ainda é jovem, não podemos destruir a sua vida com uma condenação. Não pensem no que a polícia e o promotor dizem que ela fez, se é que ela fez. Relevem que ela é nova ainda, pode mudar tudo, pode se tornar outra pessoa.

Virou-se então para o Dr. Agamenon, sentado na primeira fila, à esquerda da tribuna:

— Sei que não significa muito agora... mas lamento, lamento muito.

Dr. Leonardo olhou para o relógio, eram sete horas da noite, determinou uma pausa para o lanche. A sessão só recomeçou meia hora depois.

— A promotoria fará uso da réplica? — perguntou o juiz.

— Sim, Excelência — respondeu o promotor, para desgosto de Victor.

Dr. Alexandre retomou a palavra e reforçou aos jurados a culpa de Juliana.

— Se alguém porventura estiver em dúvida — disse em tom profético —, saiba que Deus conhece a verdade, porque a Ele nenhuma verdade, nenhuma verdade, fica sem revelação.

— Por favor, deixe Deus fora disto! — Victor tentou lhe apartear.

Mas o promotor não respondeu, fingiu não ouvir.

— Bem, como todos viram, se esta moça não fosse culpada — apontou novamente o dedo para Juliana —, por que seu advogado pediria desculpas ao esposo da vítima?

— Eu não me desculpo, doutor, sou convicto do que faço — retrucou Victor, aborrecido.

— O que fez no começo? Não foram desculpas, pela falta do que falar? — o promotor perguntou, sorrindo.

Em resposta, na tréplica, Victor reforçou os argumentos de que a lei, nem Deus nem a vontade do povo impunham a regra de, na dúvida, absolver a acusada. Tentava ser convincente, mas continuava sentindo a mesma secura. Falou por quase trinta minutos e, o resto do tempo, deixou para Bertoldo fazer as considerações finais.

— Eles não querem mais ouvir — confessou a James, referindo-se aos jurados.

— Calma, vai dar tudo certo. Orgulhe-se do que fez — disse James otimista.

— Está acabado, está tudo acabado — lamentou-se indignado, antes de acompanhar os jurados para a sala secreta.

Voltou-se para Juliana e deu-lhe um forte abraço. Ela começou a soluçar. Eram lágrimas de dor. Pressentia, talvez, ninguém sabe, o fim de tudo. Quinze, vinte ou trinta anos de cadeia, de qualquer forma, seria o fim.

— Obrigado, doutor, sei que fez tudo o que podia — disse ainda chorando.

— Tenha fé, tudo vai dar certo — consolou-a Victor.

Mas, quando todos retornaram aos seus lugares, apenas o promotor sorria. Disfarçadamente, mas sorria. A cabeça de Juliana embaralhou-se. Ficou em transe, como se um espírito houvesse tomado o domínio de seu corpo e já não pudesse mais dar conta de si e do lugar onde se encontrava. A tristeza, como um demônio, invadiu a propriedade de sua consciência e não entendia mais nada. Não queria entender, pois estava perdida.

— Ante o exposto, condeno Juliana Britney Silva a vinte anos de prisão, em regime fechado... pelo que determino o seu imediato recolhimento à prisão.

Victor não suportou a covardia do magistrado. Era não só uma afronta para a lei, uma afronta para o tribunal, mas uma afronta diretamente dirigida ao advogado.

— É um absurdo, Excelência. É um absurdo! — gritou.

O protesto não era dirigido contra o máximo da pena imposta. A dosimetria, ousasse contestá-la, seria no tribunal, mediante apelação. Seu desabafo, exacerbado, mas compreensível, porque o desgosto da derrota pesa mais ao advogado do que ao cliente, posto que carrega as duas mágoas, dirigia-se à imediata ordem de prisão determinada pelo juiz, ordenando que se recolhesse a acusada para que, querendo, recorresse da cadeia.

Juliana apenas se deu conta do infortúnio maior quando os policiais se aproximaram, pediram licença e, algemando seus pulsos, levaram-na para a viatura.

Quanta decepção, quanta tristeza, quanta vergonha! James saiu em disparada, chorando. Victor ficou mudo, não disse mais nada. Sua vontade era proporcional a sua ira. Não guardava rancor contra os jurados, é claro, porque os entendia livres para decidirem do jeito que melhor julgasse a consciência de cada um. Mas a prisão, antes de transitar em julgado a sentença, foi um duro golpe contra seu amor à advocacia criminal, contra sua crença na toga. Não imaginava para um causídico maior vergonha do que a de não poder sustentar a liberdade de sua cliente, quando antes livre, sem antecedentes, sem estar-se constitucionalmente culpada.

Foi um dos últimos a sair do salão do júri. Ficou atônito, sem saber o rumo certo. Ouviu os berros de dor do sr. Antônio e viu Juliana sendo levada. Porém, não podia fazer nada. Tinha feito tudo que estava ao seu alcance, sem sucesso, sem resultado. O que mais fazer? Não só condenara Juliana, como apressara seu retorno à prisão. A ninguém poderia retribuir a culpa, senão a si próprio. Sete a zero. O resultado definiu a unanimidade dos jurados, simplesmente esmagadora. Seus argumentos foram fracos, tão frágeis que não convenceu sequer um jurado. Fraquejou no próprio plenário, não aguentou a réplica. Ficou ali, no salão, sentado, só, sem nenhum apoio, nenhuma saudação, nenhum cumprimento. Vieram-lhe à mente as palavras de Herbert que, como um eco, refletia-se incessantemente, *você vai se afundar, você vai se afundar, você vai se afundar...*

— Doutor, doutor, estamos fechando tudo — disse-lhe uma das faxineiras noturnas do Fórum.

Levantou-se calmamente, tirou a beca, dobrou-a e, segurando-a levemente preso por baixo do braço esquerdo, foi para o carro. Rodou pela cidade por certo tempo, meio perdido, meio desolado. Foi se encontrar num pequeno bar, localizado na parte mais tenebrosa da cidade, sozinho, carregando angústias que não mais sonhara sentir. Bebeu só, bebeu muito. Parecia o fim, mas estava apenas começando.

Capítulo 6

Victor acordou de ressaca. A cabeça doía, tinha sede, muita sede, acompanhada de uma insuportável náusea. Lembrou-se do exagero do dia anterior. Quantos copos teria bebido? Tentou calcular, mas a tontura não deixou. Sentou-se, tomou um gole de água gelada, o estômago estremeceu; porém se recompôs. Procurou se recordar, refazer os últimos momentos daquele dia assombroso.

Abriu a geladeira, encheu novamente o copo, tomou um analgésico. A cabeça continuava doendo, mas precisava se refazer o quanto antes. Passaria no Fórum, precisava da carga dos autos para elaborar as razões do recurso. *Precisava ser logo?* Melhor adiantar as coisas, pois Juliana, sua cliente, estava presa. *Precisava ir, hoje?* Pediria a James, pensou melhor, que pegasse o processo, pois não tinha forças suficientes a encarar o olhar predador da escrivã. Pegou o celular, ligou para James. Tocou, tocou, tocou e tocou, caiu na caixa de mensagens. Ligou novamente, outra vez na caixa de mensagens. Fez outra tentativa, já estava desligado ou fora da área de serviço. Ligaria mais tarde, por volta das onze horas.

Desceu à padaria da esquina, pegou o jornal, sentou-se e, enquanto aguardava a atendente, procurou a notícia sobre o caso. O resultado estava estampado na primeira página: *A cidade amanhece em paz. Enfim, justiça restaurada!* Muitas colunas retratavam o julgamento, descrevendo com pormenores, conforme o enfoque do colunista, o resultado e a sentença final do magistrado. Ao promotor não faltavam elogios, como homem sério e competente, um inigualável defensor das pessoas e dos valores da cidade; ao advogado de defesa nem uma só palavra, sobre suas fraquezas ou qualidades. *Que falassem mal, mas falasse de mim*, pensou Victor. Contudo, o jornal representava bem o sentimento da cidade. Tentou tirar a prova dos noves, forçando uma conversa com a balconista.

— Soube do julgamento de ontem? — perguntou.

— Eu? Eu assisti tudo — acudiu a moça.

— Que bom! O que achou?

— O senhor sabe... Devia ter deixado o Bertoldo falar. Afinal, não é advogado do crime — respondeu a atendente, com sinceridade.

— Mas eu fui criminalista, em Riachão — disse Victor com ares de indignação.

— Em Riachão? — ela começou a rir — Aqui é cidade grande, doutor.

Victor, sem falar mais nada, pagou a conta e voltou para o apartamento. Ligou mais uma vez para James. Desta vez, nem tocou, estava desligado ou fora da área de serviço. Tentou de novo, e a mesma resposta. Sem outra alternativa, apanhou a chave do carro e lá se foi, rumo ao Fórum, buscar os autos. O horário veio a calhar. Perto do almoço, um dia após um júri, o cartório criminal não estava muito cheio. Melhor ainda, porque não estava disposto a escutar teses e mais teses de vitória que, se tivesse usado, convenceria os jurados. Nem mesmo a advocacia escapava ao crítico, pessoas que sem coragem para o novo, para o inesperado, mas sempre com um palpite, claro, depois do trabalho feito. O mundo está cheio dessas opiniões relevantes, mas o Fórum, naquele dia, estava livre deles.

— Por favor, queria a carga dos autos — disse Victor a uma das serventuárias.

— E aí, doutor, será que valeu a pena? — perguntou-lhe dona Margarida, a escrivã.

— Por favor, eu só queria o processo — respondeu Victor, dirigindo-se novamente à serventuária.

— Agora ficou mudo — disse dona Margarida.

Mas Victor não respondeu nada. Não estava disposto a reagir a tal provocação porque, embora carregasse o sentimento de fracasso e, de certa forma, humilhado, é verdade, porém, ainda guardava certo sentido de superioridade. Uma capacidade natural e elevada de entender as coisas que muitas pessoas, incluindo-se até serventuários da justiça, não entendiam. E continuam sem entender, lamentavelmente, porque a lei está do lado da advocacia, sem subordinação nem hierarquia, merecedora da mesma consideração e respeito dados ao magistrado e membros do Ministério Público. Por isso Victor não respondeu mais nada àquela pobre alma. Limitou-se a assinar o livro, carregar o processo e sair.

Tinha agora em mente duas principais ações: a apelação para confrontar a decisão dos jurados com a prova dos autos e um novo *habeas corpus*, para desfazer o absurdo da prisão provisória decretada pelo juiz no ato da sentença. Sem fome, foi para o escritório, na tentativa de se concentrar melhor. Além do mais, precisava voltar à rotina, retomar os serviços deixados para trás com a dedicação ao patrocínio da causa de Juliana.

* * *

— Defenda o criminoso, mas não o crime! Meu instinto estava certo, contou-me que virias — disse-lhe Herbert, enquanto subia as escadas.

— Estou de volta, pronto para o trabalho — respondeu Victor, sorridente.

— Venha para a minha sala. Precisamos conversar o quanto antes — disse Herbert.

Os dois sócios entraram, um seguindo o outro.

— Aconteceu uma desgraça. Mais de trinta por cento dos clientes pediu rescisão contratual. Um desastre! — explicou Herbert, com voz comovente.

Victor ficou parado, olhando, sem saber o que responder.

— E o telefone não parava de tocar. Tive de tomar uma decisão — completou.

— O que decidiu? — perguntou Victor, intrigado.

— Eles me pressionaram, pediram um posicionamento. Acharam uma péssima ideia você participar daquele julgamento.

— Sim, e o que decidiu? — perguntou Victor novamente.

— Você sabe que o nosso capital social é baixo, mas vou lhe antecipar cinco mil reais, até apurar o restante do patrimônio — disse Herbert, puxando da gaveta um pacote que deixou em cima da mesa.

— O que está fazendo? — perguntou Victor, atordoado.

— Ora, estou passando o seu quinhão, a metade do capital social.

— Está terminando a sociedade, é isso?

— Infelizmente, não dá para continuarmos juntos. Infelizmente... — Herbert calou-se de súbito, forçando certa mágoa.

— Nunca imaginei que terminaria assim — disse Victor se lamentando.

— Pois é, eu avisei, mas não quis me ouvir — disse Herbert, também com ares de quem se lamentava.

— Eu me viro, eu me viro — Victor pegou o pacote sobre a mesa e saiu da sala repetindo —, eu me viro, eu me viro.

Desceu para falar com dona Deise na recepção, talvez se despedir, talvez agradecer, o que viesse melhor a calhar. Não se sentia triste nem com raiva ou injustiçado, apenas frio, neutro, como se nada tivesse acontecido. Entendeu que, a partir daquele momento, as coisas não seriam mais tão fáceis como antes, pois não poderia contar com honorários mensais. Tinha um recomeço pela frente, uma dura batalha até se estabilizar de novo, mas, por enquanto, precisava se concentrar no caso de Juliana, restituir a ordem das coisas, sob pena de frustrar a sua principal opção, no fundo, o que sempre desejou: advogar na justiça criminal.

Passando pelo corredor, viu James entrando em uma das salas. Ficou um ligeiro receio de que ele o tinha visto, mas fingiu que não, entrando logo na primeira porta de fuga que lhe pareceu à vista. Decidiu chamá-lo:

— Hei, James, James! — chamou Victor.

— É você, doutor? Não tinha lhe visto — disse James voltando-se.

— Então, vai me ajudar no recurso?

— Hoje não posso, tenho muita coisa para arrumar no escritório.

— E amanhã? — insistiu Victor.

— Não sei, mas acho que vai ser difícil, vou ficar o dia inteiro no Fórum.

— Quer que eu peça ao Herbert?

— Não precisa. Quando puder, eu vou. Herbert disse que não é bom para o nosso negócio se misturar com o crime — respondeu James.

Victor sentiu certo distanciamento na conversa de James. *Estou grilado*, pensou, *não é possível*. Contudo, como a desconfiança é o próprio diabo e este não surge sem uma pitada de tentação, decidiu continuar a conversa:

— Então, já sabe que vou deixá-los?

— Sei. É uma pena, mas não tem jeito. Não é verdade? — respondeu James.

— Depende da ótica — respondeu Victor sorrindo.

— A propósito, já que o senhor vai embora... E a minha parte do júri?

— Quanto lhe devo? — Victor perguntou surpreso, sem acreditar que James estava lhe cobrando.

— Não era dez mil o combinado? Dois mil eu aceito. Pode ficar com o resto, pode estar precisando — respondeu James com superioridade.

— Não estou precisando, lhe pago agora — disse Victor abrindo o pacote e retirando a quantia. — Acho que não lhe devo mais nada.

— Doutor, entenda, não estava lhe cobrando — disse James.

— Claro, eu é que estou pagando.

Victor saiu consternado e nem mesmo se lembrou de falar com a secretária. Custava-lhe acreditar na reação de James, custava-lhe acreditar nesse egoísmo hipócrita. Com Herbert até que estava preparado, sabia que sua escolha poderia não ter volta, conhecia os métodos e o caráter do sócio, como cobra, sorrateiro, dissimulado, frio, sempre à espreita de um motivo, de uma nova chance para sobrepor-se aos outros. No entanto, com James, logo James, o menino que não poupava elogios aos seus conhecimentos, quem se mostrou não só aliado, mas fomentador, instigador, um ferrenho defensor da causa criminal, agora, não tinha tempo, não era bom para o "nosso negócio". Sentiu-se um verdadeiro trouxa. Mais do que magoado, estava com raiva de si próprio.

— Por que dei dois mil para ele? — perguntou aos seus botões.

Ele sabia a resposta. Era como se os botões, conforme a filosofia machadiana, ganhassem vida, pudessem realmente responder, "claro, você é um trouxa mesmo, não temos dúvidas. Um grande palerma, porque qualquer um, em idêntica situação, explicaria tudo, diria que o dinheiro foi todo gasto com as despesas do processo, que quando recebesse mais do cliente, repassaria algo. Mas, não, como um autêntico idiota, foi enganado por um aprendiz de feiticeiro". Palavras duras, mas sinceras. Victor não contestou, apenas repetiu, quase aos berros:

— Sou um idiota!

Assim foi sempre a vida, *ao vencedor, as batatas*, para o otário as lamentações, a mágoa de não ter feito desta ou daquela maneira, de não imaginar tamanha ingratidão, de não esperar... blábláblá, blábláblá. *Chega!* Victor já tinha se enchido dessa lamúria. O melhor a fazer, a única coisa a se fazer, era preparar o presente, concentrar-se no que tinha proposto a realizar. Advogar, simplesmente advogar, com ou sem sócio, com ou sem amigo, recuperar sua credibilidade e conquistar novos clientes.

Chegou em casa, sentou-se no sofá, ligou a televisão e, como se o vírus do eco houvesse tomado conta de sua mente, continuava ouvindo sem cessar, *ao vencedor, as batatas!* Pegou a agenda, começou a repassar o nome dos clientes, um por um, todos tinham sido indicados por Herbert. Passou os olhos sobre a letra W e se lembrou. Claro, sr. Waldo, sempre foi o advogado responsável por suas causas, desde o primeiro dia. Livrou-lhe de pagar mais de meio milhão, anulando a autuação do processo administrativo da fazenda estadual. Discou.

— Quem fala?

— Sr. Waldo, aqui é o doutor Victor.

— Oi, doutor, estava mesmo querendo falar com o senhor e lhe desejar boa sorte.

— Boa sorte?

— Sim, o doutor Herbert me contou, disse que o senhor decidiu mudar de ramo.

— Mas...

— Não foi o senhor que fez aquele júri?

— Foi, mas, Sr. Waldo...

— Coitada da dona Azenéia, foi uma boa esposa. Ainda bem que a desgraçada foi condenada — disse sr. Waldo.

— Sr. Waldo, eu ainda quero continuar advogando na área fiscal. Estava pensando se o senhor...

— Dr. Victor, me desculpe, mas eu vou ficar com o Herbert. Não posso deixá-lo, todo mundo confia nele. Tenho certeza de que o senhor vai se dar bem, afinal, é muito competente.

— Obrigado, sr. Waldo — Victor despediu-se e desligou o telefone aborrecido.

Tentou mais uns dois ou três nomes, mas ninguém mais atendeu, estavam todos ocupados. Ninguém estava no escritório ou em casa. Todos os celulares do mundo estavam fora da área de cobertura. Mais uma vez estava só, sem sócios, sem amigos, sem clientes. Desolado, levantou-se e, com passos rasteiros, caminhando sem vontade, foi-se à pia, molhou o rosto, tentou sem sucesso que a frescura da água restabelecesse seu ânimo. Pegou os autos, começou a folheá-lo, passeando pelo infinito de suas folhas, sem rumo, sem intenção, sem estratégia.

— Droga, droga! Raio de Processo!

Jogou os autos longe. Não se conteve, levantou-se, meteu-lhe um chute que, pelo impacto, desprendeu a corda que prendia as folhas e algumas voaram pela casa.

— Droga de processo! — gritou novamente.

Victor amaldiçoou a faculdade, o Direito, Herbert, James, Juliana, o juiz, o júri, a defesa, o processo. Mas não se tratava do júri, nem do processo nem da advocacia, criminal, ou tributária, ou comercial ou cível. Não se tratava do estudo ou do trabalho, mas de sua própria vida. Amaldiçoava a solidão, o medo do abandono, a vida sem companhia, sem amigos, sem ninguém. Estava sozinho, novamente, e isto lhe doía mais do que qualquer derrota processual ou sociedade destituída, só não tinha se dado conta disso ou, talvez, não quisesse entender, tivesse o medo de encarar a si mesmo e reconhecer que estava sozinho, que vivia sozinho.

* * *

Com os pés levemente tocando o chão, braços pendurados, cabeça entortada, dormiu no sofá, por umas três horas seguidas. Acordou, bruscamente, com o barulho incessante do interfone. Alguém apertara o botão e, provavelmente, o dedo ficou preso, pois ninguém no pleno juízo apertaria com tanta persistência a campainha. Abriu os olhos, tapou os ouvidos por alguns segundos, para se adaptar àquela barulheira, depois se levantou, foi à porta ver o que estava acontecendo. Talvez fosse trote, algum brincalhão poderia ter colocado um adesivo no botão, mas, de qualquer jeito, teria de ir até lá e fazer cessar o ruído.

— Sr. Antônio? — disse Victor espantado.

— Contaram-me que o doutor estava em casa.

— Está bem, mas pode soltar o botão.

— É que apertei algumas vezes, e ninguém acudiu — explicou sr. Antônio, sem muito jeito.

— Já que está aqui, não fique na porta, entre.

Os dois entraram para a sala. Sr. Antônio se acomodou no sofá e Victor pegou uma cadeira e se sentou na frente, um pouco na lateral. Pediu então ao sr. Antônio que relatasse a honra da visita.

— Fui procurá-lo no escritório e disseram-me que não estava mais trabalhando lá, por isso decidi visitá-lo.

— Obrigado, sr. Antônio, agradeço a compaixão.

— Não, filho, não se trata de compaixão, e sim respeito — contrapôs-se sr. Antônio.

— Então, obrigado pela consideração — emendou Victor.

— *Mas*, doutor, não me leve a mal, o senhor precisa se recompor, renovar as energias. Vejo em seu olhar e pela bagunça da casa — sr. Antônio esboçou um pequeno sorriso — que está se entregando, que está perdendo a luz de sua vida. Vai me desculpar, parece que estou sendo intrometido, mas o senhor precisa voltar ao seu trabalho. Não é porque a gente perdeu amigos, foi desiludido, que vai deixar a vida se escapar pelo ralo, como se nada prestasse. O senhor precisa acordar, para o seu bem, pelo bem da minha filha.

Sr. Antônio apertou com firmeza as mãos de Victor, que ficou calado, balançando que sim com a cabeça. Mas as palavras do velho não soaram interesseiras, foram ditas na pureza da alma do pobre, com a sinceridade de um pai para o filho, sem duplo sentido, sem a pretensão de receber algo em troca.

— Você é novo, tem muito caminho pela frente, não pode esperar apenas uma vida de sonhos, tem de saber superar as intrigas, as amizades falsas e... Eu sou uma pessoa humilde, mas tenho anos de vivência, já passei por muita coisa, já conheço este mundo o bastante para saber que um jovem como você não pode se deixar levar — disse sr. Antônio, com a maior sinceridade do mundo.

Apertou fortemente as mãos de Victor, olhando profundamente em seus olhos. Estava na hora de levantar, descer as encostas, lutar contra as tribos vizinhas, ganhar suas próprias batatas. Era o momento de parar de se lamentar dos infortúnios, reerguer a cabeça, não fazer de um erro, de um plano equivocado, toda uma vida de fracasso. Trinta e quatro anos de idade, muito pouco para jogar a toalha, muito pouco para se deixar levar por espertinhos de plantão. *O mensageiro de Deus bateu à minha porta, trouxe-me o antídoto da solidão, eu não vou afundar*, disse em silêncio. Aos poucos, os olhos recuperaram a luz perdida. Quanto mais caía o dia, ofuscando a luz do sol, mais brilhava o preto de seus olhos. Levantou-se, foi para a cozinha, ofereceu ao sr. Antônio uma chávena de café. Os dois saborearam com imenso prazer, cada gole daquele precioso líquido. Mais do que uma bebida, era um remédio, a cura para o corpo amolecido, a cura para o sonolento, a mais sagrada droga para a mente entorpecida.

Por volta das vinte e duas horas, sr. Antônio pediu para se retirar. Estava quase na hora do último ônibus para Riachão passar e ele não pretendia perdê-lo. Victor estava melhor, parecia outro homem. As mágoas, a tristeza, o peso da culpa e do medo pareciam esquecidos. A assombração que antes perturbava seu espírito e acompanhava cada movimento de seu corpo, como se ele e o desânimo fossem uma coisa só, não ora um, ora outro, mas dois corpos em um só movimento, havia sido afugentada, impiedosamente massacrada pelas palavras de sr. Antônio, que sem dom profético, talvez houvesse recebido uma dessas línguas de fogo, das quais se ouve falar em certo dia de Pentecostes.

— Será uma felicidade vê-lo de volta, renovado, pronto para a batalha — disse sr. Antônio ao se despedir, na frente da porta.

— Já é tarde, quer uma carona? — propôs Victor.

— Não precisa, ainda pego o ônibus. O café e o papo foram suficientes.

— Eu é que agradeço — disse Victor, após a imagem do velho se dissipar pela noite, ao atravessar o fim da rua.

Encostou-se à porta e sorriu. Um sorriso sereno e sincero, do tipo que, fingindo, apenas grandes atores poderiam reproduzir, sem falhas, numa cena de teatro ou teledramaturgia, porque era verdadeiro demais. Começou a cantarolar a Serenata Noturna de Mozart, *Eine Kleine Nachtmusik*, como uma prece, um hino de louvor pelos dias difíceis que poderiam surgir, pelas dores que poderia sentir, pela força resoluta que havia tomado conta de seu corpo, de sua mente, de sua própria alma.

Quem ousaria dizer que venceu, se jamais houve por sofrer?

* * *

Após algumas mudanças, colocou na parede da sala, com vista direta para a porta, o seu quadro preferido. Acordara cedo, antes mesmo da refeição matinal, foi para o escritório, retirou com cuidado o quadro de Oiticica. Dona Deise perguntou se também levaria os móveis pessoais de sua sala. Disse que não, caso não incomodassem nenhum plano de Herbert, ficariam por lá, até que arrumasse um novo escritório ou lugar para guardá-los. Eram apenas objetos pessoais, sem nenhuma foto dos pais ou alguém mais em especial. Eram apenas objetos do escritório. De imediato, só queria o quadro, as linhas e curvas triangulares de Oiticica, as linhas e curvas de sua meditação rotineira.

Entrou no carro, guardou com cautela o quadro no banco de trás, rumou-se para a Delegacia, desejava falar com Juliana, saber dos dois dias de prisão, após o julgamento, e também demarcar o terreno, evidenciar que ela ainda tinha um patrono.

É que o condenado, pelo abandono, sofre um duplo castigo: pela solidão do cárcere, diversas vezes, quando ausente a família e os amigos; pelo desamparo ou esquecimento, sem um advogado, quase sempre sem defesa. Cuidar de um preso, patrocinar sua causa, é tornar-se realmente um padroeiro, um protetor — o patrono. Sem a presença do advogado, sacrossanto direito imortalizado pela Constituição, o encarcerado poderia se equiparar a um vira-lata. Não pela indignidade de ser um cachorro, não pela indignidade de se bandear pelas ruas, sem lar, sem hora certa, e sim porque sem dono, sujeito às maldades dos que, piores que os coitados indigentes, usam da covardia para se elevar, na maldade, a desgraça dos desprotegidos. Precisava, no sentido de necessitar, conversar com Juliana, antes que a tornassem uma vira-lata, uma *cadela* sem dono.

* * *

— Estava chorando? — perguntou Victor.

— Não, claro que não — respondeu ela.

Victor esperava outra resposta? Nas delegacias e cadeias, em quase todas elas, reina certa lei do silêncio, capaz de vencer até a franqueza entre clientes e seus advogados. Embora Juliana respeitasse ainda o dever de confiança que nutria a relação entre os dois, não lhe era dado, não julgava *conforme* relatar todos os acontecimentos da vida numa cela. Sim, tinha-lhe um dever de confiança, uma crença firme no seu patrocínio, mas não lhe devia toda a verdade. Confiava-lhe a certeza de uma boa defesa, confiava-lhe até alguns dos mais íntimos sentimentos e verdades, mas confiança, não franqueza absoluta.

— Não se preocupe com minha tristeza. Apenas tire-me daqui, antes que eu me perca — disse a recém-condenada, olhando para os lados, desconfiada, como uma lebre, à procura de algum predador esfomeado, faminto pela caça.

Dois novos dias na prisão, na mesma cadeia, mas um mundo diferente. A ordem ainda era provisória, porque a sentença não se tornara coisa julgada, poderia recorrer; o tratamento, contudo, era o mesmo que o das mais irrecuperáveis reclusas, não pelo sentido de alma boa ou ruim, curável ou incurável, mas pela quantidade de infrações e penas máximas cominadas, computadas, transitadas em julgado. *Vocês não sairão daqui*, dizia um quase carcereiro, um agente travestido de guarda penitenciário. *Estão nas nossas mãos*, respondia outro, *se fugir, caçamos, se sair, volta*. Guardas! Muitos sem nenhum preparo, emprestados à pobre Delegacia, provenientes de uma repartição qualquer da Prefeitura, falsamente concursados, ironicamente doados em prol da lei, da segurança social, com a prece do edil para que não voltassem, que morressem por lá, tomara. Metafísicos! Conseguiam reproduzir frases que transcendem a própria realidade da vida: *vocês não sairão daqui*. Será que alguma vez um preso, desses meio abusados, meio sincero, ousou perguntar: nem mesmo depois de morto? Sim, talvez estivessem condenados a superar a própria vida e ficar ali para sempre.

Dizem que as más almas fustigam a prisão, coabitam suas noites e assombram o sono dos presidiários. Pensa que são os espíritos dos criminosos cruéis ou dos vitimados por uma rebelião ou fúria de uma gangue? Não, porque os presos sofreram em vida, antecipadamente, o inferno que lhes era reservado Portanto, vão direto para o céu. Victor mesmo se lembrava, lá pelas bandas do Rio Parnaíba, com sete anos de idade, quando contara uma vez um pajé, metido a falar com almas mofinas, que esses espíritos que assombram o cárcere são, na verdade, de policiais frustrados que, enraivecidos com a função, melindrados com o baixo salário, com o descaso social e o desprezo dos socialmente bem posicionados, mesmo *post-mortem*, voltavam para descarregar o ódio nos que, em vida, já padeciam das dores do inferno.

Juliana estava começando a ser perseguida por uma dessas almas perdidas, ainda viva. Demitrik, o temido agente carcerário, entre aspas, passara algumas instruções para Maricléia, a líder da ala feminina. Para explicar do início, o que quase ninguém sabia, nem mesmo muitos dos mais experientes criminalistas da região, a pequena e velha cadeia da Delegacia, que servia de albergue, casa de detenção, presídio, penitenciária, e tudo o mais que fosse necessário ao encarceramento, não admitia visitas íntimas. Nas noites frias, principalmente naquelas em que só o próprio assobio do vento fazia tremer o mais valente dos agentes, algumas detentas menos escrupulosas, todas muito carentes, tomaram por necessidade seduzir alguns desses guardas que, por azar ou mesmo perseguição, sempre carregavam o turno da noite. Com o tempo, virou um hábito. Mais tarde, chegando ao conhecimento de Demitrik, tornou-se uma obrigação. Primeiro com ele, depois com o agente que mais engraçasse a moça. Era assim também que se obtinham privilégios ou censuras. Juliana estava marcada, seria o próximo banquete do turno da meia-noite.

Tinha sorte, recebera apenas um aviso, mas nada com data marcada. Por isso sua confiança em Victor, a esperança de poder sair, ficar em qualquer lugar, mas longe dali.

E o delegado sabia disso tudo? Victor se perguntava. Dr. Iron Prestes, formara-se pela Católica e, apesar de sua frieza, também sonhara, nos bancos da faculdade, com um mundo mais justo, mais democrático, enfim, mais acolhedor. Fora tão sonhador e combativo como a maioria dos iniciantes da ciência jurídica. Tentou por duas vezes o ingresso no Ministério Público, nas duas vezes, não passara da segunda fase do concurso. Decidiu ser delegado, combater o crime nas trincheiras da frente de batalha contra a injustiça, destemido e implacável com as transgressões. Porém, a realidade não tardou em chegar: sem recursos, em meio a descaso e poucos agentes qualificados, preferiu se isentar, ficar imune às mazelas. Não era bobo nem ingênuo, conhecia a situação de sua Delegacia, como tantas outras do país, mas preferia o descuido a colocar sua vida em risco. *Quem entendesse por mal, procurasse os Direitos Humanos.*

— Você vai sair, é uma questão de tempo — disse Victor.

— Meu pai me contou que saiu do escritório por causa do caso, que está desanimado — disse Juliana, um tanto preocupada.

— Veja pelo lado positivo, agora só tenho um caso, posso me concentrar mais — respondeu ele.

— Mas não vá se perder, porque Deus me colocou em suas mãos — aconselhou Juliana.

— Nas mãos do tribunal, não nas minhas — sorriu Victor.

Depois de mais de meia hora de conversa, sobre literatura, Shakespeare, o próximo governo, os autores mais badalados, o novo *reality show*, um pouco para alegrar a moça, que não tinha muito com quem conversar; um pouco para saciar a própria vontade, porque embora estivesse livre, graças a Deus, também não tinha com quem conversar, despediu-se e voltou.

Dera-lhe certo gosto em continuar a conversa, em ficar um pouco mais, saciar a si mesmo da fome de amigos e ser mais indulgente com a solidão de Juliana, mas, estava ali como advogado e, como só havia uma única sala reservada ao encontro entre clientes e patronos, impedia o trabalho de outros colegas. Quando passou pelo corredor, a propósito, tinha uma fila com pelo menos cinco deles, sorrindo aliviados.

Volto outra hora, ele quis dizer. Gostaria de falar novamente com Juliana, mas em outro lugar, longe da cadeia, afinal, era suposto tirá-la de lá. *Surpreendentemente educada*, pensou. Pôs-se a meditar, enquanto dirigia, se era culpada. Não encontrou motivo para uma conclusão indiciária ou suspeita. Ela tinha mais cara — se é que assassino tem face predefinida — de quem matasse com veneno, não com uma faca. Era muito letrada para um ato tão brutal, tão sanguinário. Para Victor, pode parecer bobagem, mas a morte também tinha seus gostos e preferências. *Fosse um tiro*, meditou, *seria até discutível*. Começou a rir e, achando mais graça ainda de si mesmo, ria sem parar. Fazia tempo que não se alegrava com seu próprio trabalho.

Pensou no *habeas corpus*, desnecessário se preocupar, tinha os argumentos do Supremo, todos na cabeça, de cor: a prisão provisória, para o caso, era inequivocamente absurda. *Foi uma afronta, um ato de covardia*. Teve uma pequena tentação de ler o processo de cabo a rabo, conteve-se, respirou fundo e anotou num bloco os atos que mereciam uma revisão: a citação, a oitiva de alguma testemunha chave arrolada na Denúncia — *mas quem?* — a prova pericial, a pronúncia, e a sentença final. Sentou-se no chão a catar as folhas que ainda estavam espalhadas pela sala. Depois de encontrá-las todas, acomodou-se na escrivaninha e começou a minuciar em busca de alguma falha, algum detalhe perdido suscetível de ser aproveitado.

Já madrugava o dia quando terminou. Tanto a apelação como o *habeas corpus* estavam prontos. Sentia-se aliviado, tudo não havia passado de um tremendo pesadelo. *Obrigado, meu Deus,* disse sorrindo. Repassou na memória, como um filme, todas as cenas do julgamento. Vi-as, agora, com outras cores. Verdade seja dita, fraquejou um pouco, mas foi um guerreiro, orgulhava-se do que tinha feito. Não vencera, é certo, mas o destino parecia ter agraciado, a ele e a Juliana, com uma nova chance. *Por que não vi isso antes?* — perguntava-se, com a certeza de que os mistérios da vida não estavam ao alcance de sua razão, por mais que se julgasse tão inteligente. *Era para ser assim,* concluiu.

Deitou-se, precisava recuperar algumas horas de sono. Acordou três horas depois, por volta das oito horas e meia. Pegou os autos, fez uma cópia de tudo, até da capa e foi para o Fórum, solicitar a autenticação de todas as folhas. Pediu também todas as certidões possíveis: da citação, das intimações, do trânsito em julgado da pronúncia, de cabeça e pé do processo, de tudo. A impressão é a de que ninguém queria atender, ou fingia não entender, mas ameaçou reclamar com o magistrado, a escrivã apareceu e, incrivelmente, na mesma manhã, pode receber todos os requerimentos. Protocolou a apelação e voltou para a casa.

Chegou despreocupado, pois faltava apenas o segundo passo, protocolar o *habeas corpus* para anulação do processo. Pegaria a estrada novamente, de madrugada, queria chegar ainda no horário de expediente. Tudo seria mais rápido, evidente, porque uma questão de verificar ou não o cumprimento de pressupostos objetivos essenciais, além de já conhecer a maioria dos serventuários e assessores do tribunal. Preparou pouca roupa, apenas duas calças, um terno azul marinho, três camisas e uma camiseta. Ficaria, no máximo, dois dias, para o protocolo, a distribuição e uma audiência com o relator. Estava confiante, pois, embora não fosse um *Romário dos tribunais,* ainda que na sua pior fase ou mesmo aposentado, nem desejava a *graça de Deus* de ter apenas clientes inocentes, o histórico das decisões pretorianas deixava-lhe uma pequena esperança.

Como planejado, pegou o carro e saiu rumo à capital. Parou uma vez só, para ir ao banheiro, e chegou cedo, antes das duas da tarde. Foi direto para o tribunal, setor de protocolo. Aguardou a distribuição, o que demorou um pouco, quase perto do final do expediente, e correu para conseguir chegar a tempo ao gabinete do Desembargador-relator. Estava com muita sorte, foi atendido por um assessor, agendou a audiência com o magistrado, às dez horas do dia seguinte. Depois, saiu mais aliviado. Deu uma volta pela orla, sentir a brisa do mar, as recordações de infância, quando adorava catar caramujos, lambuzar-se na areia. Bebeu três cervejas long-neck, pagou a conta, foi procurar a pousada, aquela com preço razoável, surpreendentemente sem exploração, onde antes ficara. Mas, desta vez, como precisava deveras economizar, pegou um quarto menor, sem ar-condicionado, com apenas um velho ventilador de teto e uma televisão de 14 polegadas, sem canais a cabo ou parabólica. Pensou em tomar banho, mas desistiu. O banheiro ficava no corredor e, àquela hora, parecia concorrido. Antes de dormir, acessou a internet, consultou o perfil do desembargador, procurou decisões semelhantes proferidas por ele, encontrou três. *Que bom*, sorriu, estava tudo ali, o julgado no inteiro teor. Antes, só era possível encontrar a ementa, mas, poucos meses, muita coisa havia mudado. Desligou o portátil e tentou dormir, pois queria acordar cedo, fugir dos engarrafamentos e chegar no horário. A insônia perseguiu-lhe por algumas horas, até que o cansaço venceu a ansiedade e dormiu.

* * *

Ele chegou cedo à sala de espera, poucos minutos depois das nove horas. Tudo parado, sem muito movimento, pois o atendimento só começava a partir do meio-dia. As manhãs eram, nos dias não dedicados ao julgamento, reservadas para despachos e atendimento aos advogados.

Foi atendido primeiro pelo assessor, com quem falou no dia anterior. Conversaram um pouco mais e antecipou-lhe o objeto da audiência, em pormenores. Quinze minutos para as onze horas, o Desembargador pediu que entrasse para o gabinete.

— Não fosse pedir demais, eu vim de tão longe, gostaria de voltar com a apreciação da liminar — suplicou Victor.

— É complicado fazer uma previsão. Estamos atolados de processos — o magistrado justificou-se.

— Eu sei, Excelência, mas creio que já examinou o pedido. Não seria difícil verificar se os requisitos foram ou não preenchidos.

— Está bem, considerando que vem de tão longe e não é sempre que está por aqui a me perturbar, vou tentar despachar até amanhã.

— Agradeço muito, Excelência. Passo, então, amanhã.

Voltou satisfeito para a pousada. Pensou em almoçar num bom restaurante, mas desistiu da ideia, o dinheiro estava encurtando, não poderia se dar a tanto luxo, preferiu almoçar na própria pousada. Passou o resto da tarde no quarto, deitado, relendo "Força de Lei" de Jacques Derrida, *o direito, a ordem calculável da justiça*.

* * *

No dia seguinte, chegou ao Tribunal por volta das quinze horas. Enquanto subia pelo saguão, tentava lembrar-se do nome do assessor, o prenome de um jurista famoso. Mas corriam-lhe tantos nomes, sem que nenhum batesse: *Celso, Saulo, Rui, Márcio, Joaquim, Gilmar...* Decidiu perguntar para uma jovem senhora que lhe atravessara o caminho.

— A senhora trabalha aqui?

— Trabalho — respondeu ela.

— Sabe o nome daquele assessor do Desembargador Viana, muito simpático, sempre educado?

— Deve estar se referindo ao Frederico.

— Isso mesmo. Onde posso encontrá-lo?

— Você está com sorte, ele acabou de entrar no setor de mandados. É só virar à esquerda, um pouco mais à frente.

— Obrigado, muito obrigado.

Victor quase não se conteve, queria sair correndo, mas apenas apressou o passo porque logo viu o vulto de Frederico, que também vinha em sua direção.

— Está com sorte, doutor — disse Frederico.

— Saiu a liminar? — perguntou ele.

— Procedente, doutor. Quer que a gente envie por fax ou vai levar pessoalmente?

— Prefiro levar pessoalmente, para compensar a espera — disse Victor sorridente.

— Então venha comigo.

Victor pensou em Juliana, estava feliz por conseguir mais uma vez libertá-la. Era uma felicidade diferente, não semelhante às sensações pelas quais vinha se acostumando ao longo da profissão, mas diferente, como se entre os dois existisse algum laço profundo de amizade. Voltou com pressa, algumas vezes até imprudente. Viajou a noite inteira, até que, já clareando o dia, entrou na rodovia de acesso à parte central de Cidade do Oeste. Estava em casa, exausto, alguns calos se formando na mão, mas alegre. Não dormiu. Ficou na varanda do apartamento, esperando clarear o resto que sobrava da noite. Ligou o som, baixinho, para não incomodar os vizinhos, e sentado, embalado pelo *réquiem* de Mozart, olhava fixamente para a rua, pensando na nova chance que ganhara, esperou o horário de expediente.

* * *

Desta vez, o alvará não demorou. Victor já conhecia o truque, ameaçar falar com o juiz. Desceu com o oficial de Justiça, apenas os dois, sem mais ninguém para dividir o mérito ou ofuscar o brilho do resultado. Entrou e, após as diligências de praxe, pegou Juliana pelo braço e saíram, de mãos dadas, como um casal enamorado. Sentiu-se tentado a abraçá-la, mas conteve a euforia.

— Será uma grande surpresa — disse Victor, sorrindo.

— Vai com calma, doutor, fale primeiro, antes de eu entrar — pediu a moça.

Estava preocupada, receando o coração do pai não ter mais forças, sem suportar a emoção, deixar escapar a vida, tão precária, sofrida, sedenta por uma folga.

— Vai com calma — repetiu.

Victor ria, cada vez com mais intensidade, conforme ela insistia no pedido. Até quando, quarenta minutos depois, aproximaram-se da residência.

Sr. Antônio estava sentado, na porta da casa, sob a janela, no banquinho predileto. Ao ver o carro chegando, levantou-se, reconheceu o veículo.

Victor parou antes, desceu e foi ao encontro do homem.

— Tenho boas notícias — disse.

— Para quando, doutor?

— Não seria bom agora? — perguntou Victor.

— Não brinque, doutor, não brinque — disse sr. Antônio.

— Ela está no carro.

— Sério? — perguntou o velho.

Nisso Juliana saiu do carro e veio correndo abraçar o pai. Os dois choraram abraçados, tão apertados que pai e filha pareciam uma só pessoa, chorando de alegria, chorando de tristeza. Uma mistura incontrolável de sentimentos que nem mesmo os dois poderiam compreender direito. Victor esperou, respeitou o momento, mas, depois de algum tempo, pediu que entrassem para evitar a atenção de curiosos. Sr. Antônio largou a filha e abraçou o advogado com força.

— Muito obrigado, Deus há de lhe pagar — disse, enquanto Victor apenas sorria, buscando um pouco mais de espaço para respirar.

Contou todos os detalhes do *habeas corpus*, desde a descoberta, naquela madrugada, quando recontava as folhas do processo, de que, no afã de acelerar o julgamento, o cartório intimara apenas o Bertoldo, esquecendo-se de que, uma vez que Juliana estava presa, fazia-se obrigatória a sua intimação. Ele também não notara, retornou da capital muito em cima da data do júri e só teve tempo para preparar a defesa no plenário, sem se ater a todos os termos dos autos. O Desembargador, em liminar, entendeu indiscutível a nulidade e determinou a soltura.

— Devem se preparar. A guerra vai recomeçar — disse Victor.

— Como assim? — perguntou Juliana.

— É quase certo que o tribunal confirmará a nulidade e, portanto, vai mandar fazer um novo Júri. Vai começar tudo de novo — explicou Victor.

— Isso vai ser logo? — perguntou Sr. Antônio aflito.

— Que venha o júri, pai. Nada mais me assusta — respondeu a filha.

— Depende da pauta do tribunal — Victor completou.

* * *

Depois da liminar, os dias de Victor passaram devagar, de tão solitários que eram. Com Juliana em liberdade, apenas aguardava o julgamento do *habeas corpus*, sem muito que fazer durante o dia e também durante a noite. Surpreendia-se, por vezes, pensando nela. Ela também aparecia em seus sonhos. Quase sempre estava atrás das grades, quase nua, apenas de camisola, citava alguma coisa em inglês: Alan Poe, quando eufóricas; Shakespeare, quando românticas. Noutras vezes, Victor punha-se a meditar sobre a sua provável inocência. O relatório do delegado, pelo menos em certos pontos, fazia sentido. *Não fossem as facadas*, seria até possível. Em outros momentos, perguntava-se se mesmo sabendo de sua culpa, teria o dever de inocentá-la. Consultava alguns livros de deontologia, mas não achava uma resposta satisfatória. O certo é que todos, mesmo os culpados, têm direito à defesa. Mas teriam também direito de ser inocentados?

Não tinha uma resposta, mas assumira a total responsabilidade pelo caso, jogara sua vida profissional inteiramente sobre ele e não tencionava perder a chance de recomeçar, daria o melhor de sua capacidade. Estava convicto das horas que possivelmente teria de se dedicar para vencer o Dr. Alexandre, seria um grande prêmio e ele não estava disposto a privar-se de tal privilégio, ainda que tivesse a certeza de que era culpada. *Mas será?* Balançava-se um pouco na dúvida, *deveria absolver uma culpada?*

Decidiu investigar a vida de Juliana, conhecer cada detalhe de sua vida antes da prisão. Conversou com o Pastor Ravi, por três vezes, com tamanha insistência que o religioso até perguntou se ele desconfiava dele. Procurou Dr. Agamenon, disse estar interessado na verdade, pediu informações sinceras sobre a moça. Não se contentou, conversou com outros médicos, procurou colegas do colégio, frequentou a igreja que Juliana tanto frequentara, sempre solitária, sempre cabisbaixa. Após um mês de intensa pesquisa, construíra uma imagem dela, não igual ao que antes imaginara, mas também diferente do que a acusação queria fazer transparecer. Ao menos, passou a entender, caso fosse culpada, os prováveis motivos que poderiam tê-la levado a cometer tamanha brutalidade.

Um mês e duas semanas depois da liminar do tribunal, recebeu um pequeno envelope, entregue por um moço de Riachão, a pedido de Juliana. Surpreendeu-se porque tinha uma foto. Ela estava maravilhosamente linda. Victor se assustou, não com a foto, mas porque as pernas tremeram um pouco. Só a conhecia atrás das grades, de vestido simples, olheiras profundas, cabelo desarrumado. Naquela fotografia, estava atraente demais, maléfica e intencionalmente atraente. Victor recompôs-se e sorriu. Tanto tempo longe de uma companhia feminina, seu corpo estaria reclamando. Por fim, leu o que estava escrito atrás: *queria que me visse através dos seus olhos, porque são bons olhos, não pelas grades. Espero poder retribuir, com um singelo jantar, a liberdade que me restituiu. Aguardo seu telefonema, hoje à noite.*

Victor era solteiro, há tempos não se relacionava de verdade com uma mulher. Juliana, também, solteira, era bonita, exótica, mas muito bonita. *Que mal teria? Nada*, ficou a maquinar, não fossem as lições de ética do professor Valente: *não é aconselhável — é até reprovável — que um advogado tenha ligações íntimas com uma cliente.* Ignorando a foto, que inevitavelmente provocava um sentido mais íntimo ao bilhete, tratava-se apenas de um convite para jantar, nada demais, uma simples retribuição pelo esforço. Afinal, mesmo com pouco dinheiro, não cobrou um centavo a mais, nem mesmo para as despesas da viagem. Jantara tantas vezes com os clientes do escritório, nunca vira mal nisso, por que pensava diferente em relação à Juliana? Talvez tivesse a resposta, mas não queria achá-la.

Entreteve-se com a leitura de seu filósofo preferido, lia agora *Mal de Arquivo* e, quando olhou no relógio, já passava das oito da noite. Saiu à varanda, espreitou lá fora, tudo silencioso. Era uma sexta-feira e ele, solteiro, sem compromisso, fazia-se prisioneiro de si próprio. Sem pensar duas vezes, pegou o telefone móvel e ligou para o celular de sr. Antônio.

— Já estava quase desistindo — disse Juliana, quem atendeu.

— Estava lendo, passei da hora.

— Está bem, mas venha me pegar logo — ela desligou, sem dar tempo a qualquer outra reação.

Foram para o Ling Shao, um pequeno — e ótimo — restaurante, no bairro de Renato Gonçalves, pertencente a um casal chinês que, há mais de trinta anos, estabelecera-se na cidade. Apesar de sua excelente comida, naquela noite, poucas pessoas frequentavam o lugar. Victor sorriu, três meses atrás, falava com essa moça separados por uma grade, agora, estavam ali sentados, um na frente do outro, ele meio sem jeito, ela estonteante, com um vestido azul, rigorosamente bem maquiada, os cabelos pretos soltos, a bater pelos ombros, e um olhar hipnotizante. Julgara-a fotogênica, quando recebeu o atrevido convite, mas constatou que se enganara; ela conseguia, em presença, superar de longe a fotografia. Os dois ficaram se olhando, por um bom tempo, em silêncio, enquanto saboreavam bolinhos de primavera à moda da casa.

— Tenho saudade das nossas conversas. Fico pensando no jeito que a gente conversava. Queria te ver mais vezes — disse Juliana.

— Você é assim, sempre na frente, tão direta? — perguntou Victor, meio sério, meio brincalhão.

— Quando gosto das pessoas, sim. Prefiro tentar, dizer o que penso — respondeu Juliana.

— Pensava mesmo em mim ou quer me seduzir, por causa da noite, tão tranquila, tão romântica?

— É verdade, tenho pensado muito em você, mas, por causa da noite, até ficaria contigo — ela disse a sorrir, simulando um olhar vergonhoso.

Victor mudou de assunto. Juliana cooperou, não queria também parecer tão dada. Tentou uma abordagem direta porque, pelas conversas entre os dois na delegacia, imaginava-o mais extrovertido, mais franco. Voltaram à antiga conversa dos livros, antigos e novos autores, o sonho de uma vida na Europa, sem nada muito pessoal ou algo mais que pudesse desvendar a intimidade de cada um. Juliana, que nunca foi boba, nem mesmo na adolescência, sentia que aqueles olhares penetrantes de Victor queriam dizer mais do que pretendia demonstrar. Porém, respeitou a reserva — *talvez por razões profissio-*

nais, pensou — e continuou tão gentil como sabia ser, mais do que a maioria das moças de sua idade. E isso, justamente isso, fazia Victor atraído, não só pela forma escultural do corpo, dentro da expectativa, a considerar a idade, mas pelo papo, pelo jeito fascinante que tinha de encantá-lo. O corpo dele arrepiou-se, ficou receoso, parecia até ouvir o velho pajé do Rio Parnaíba: *estas moças são feitas sob encomenda, os lábios são mais venenosos do que o corpo.*

Quanta bobagem! Voltou a si, já estavam na porta da casa de sr. Antônio. Por alguns segundos, dentro do carro, ninguém falou nada. Juliana olhava incessantemente para ele, como se pedisse: *você não vai me beijar?* Victor ouviu, escutou a mímica do olhar e, sem notar que ela não havia dito nada, disse:

— Talvez um outro momento, quem sabe.

— Com certeza num outro momento — respondeu ela, sorrindo.

Apertou as mãos dele e saiu do carro.

— Não se esconda, me ligue — disse ainda, antes de entrar em casa.

* * *

Com uma frequência cada vez maior ele se deparava pensando em Juliana, na noite em que saíram para jantar, nas frases de efeito, mas lindas, que ela gostava de citar, tomadas sempre emprestadas de algum escritor famoso. Pegou a foto, ficava contemplando. O quadro de Oiticica, outrora, tantas vezes admirado, agora perdia de forma incontestável à formosura da jovem estampada naquela fotografia. Seu pai também fora maravilhoso, ajudando-lhe a se reerguer e continuar a luta.

Havia recuperado o prazer pelo trabalho. Sem ganhar muito, é certo, mas, mesmo em casa, recomeçava a advogar. Fez algumas adaptações na sala, retirando algumas cadeiras a mais e afastando a mesa mais para a cozinha, para facilitar o atendimento, cada vez mais corriqueiro, de alguns parentes de presos que passavam por lá, buscando orientação ou confiar-lhe a defesa de um filho, primo ou outro parente próximo, preso sob a acusação de alguma infração. A soltura de Juliana rendera-lhe certa notoriedade. Nada de grande importância, porém, começava a cobrir as pequenas despesas e amenizar o rombo no orçamento. O juiz também, sempre que podia, nomeava-lhe dativo dos réus que se apresentavam sem advogado.

Sentia-se bem como advogado. Estava fazendo, agora, o que sempre sonhara fazer: advogar de verdade, cuidando das pessoas e seus problemas comuns. Ainda ganhava pouco, mas não precisava bajular ninguém ou forçar uma falsa relação de amizade. Embora sem dinheiro, sentia-se livre e íntegro. Contudo, em muitas noites, a solidão consumia-lhe a alma. Todas as quintas-feiras passara a frequentar um pequeno bar da Zona Norte. Descobrira o local por convite de um policial e passou a ir lá semanalmente, muito em razão de que quase todos os agentes, de folga, habitualmente estavam lá. Era importante fazer certa amizade com os policiais, afinal, eram os primeiros a ter contato com os possíveis clientes, podendo indicá-lo. Nalgumas noites, prolongava um pouco mais a distração, em companhia de uma das moças que frequentavam o bar, mas, ainda quando tentava esquecer, descobria-se a compará-las com Juliana. Uma ou outra, em beleza de corpo, não perdia para a garota de Riachão, mas, quando abria a boca, Victor queria se esconder em baixo da cama ou no capô do carro, conforme o local em que estivesse com uma delas. Não liam Shakespeare nem sabia quem era Alan Poe.

Numa tarde fria, quase a escurecer, em que ventava muito, Juliana apareceu. Victor acabara de chegar do Fórum, estava muito cansado, realizara, como dativo, seis audiências de interrogatório. Era preciso estar sempre atento, para não deixar o réu cair nas armadilhas do promotor. Trabalhava como dativo, mas com o mesmo afinco de quando recebia algo antecipado. Ele olhou para ela e sorriu, a alegria estampada em sua face dizia claramente, *que bom que você apareceu.*

— Vim jantar contigo — disse Juliana.

— Não tem muita coisa, mas a gente sempre pode preparar um macarrão instantâneo.

Os dois sorriram, ela entrou, jogou o casaco de couro sobre uma das cadeiras e caiu sobre o sofá, toda à vontade.

— É meu sonho ter um homem cozinhando para mim.

— E o que eu ganho com isso? — Victor respondeu com atrevimento.

— Depende mais de sua competência do que da minha vontade — respondeu ela.

Há um bom tempo, mesmo antes daquele jantar, ele não comia mais fora de casa. A situação financeira exigia-lhe maiores cautelas e, pelos cálculos, decidiu cozinhar, por ser mais econômico. Bom, pelo menos o café matinal e o jantar, quando estava com fome, eram preparados em casa. Tinha em casa ingredientes suficientes para uma boa sopa, o que havia imaginado, pelo frio que fazia lá fora. Preparou um bom prato, à base de ervilha e alguns vegetais. Ficou saboroso. Victor cozinhava razoavelmente bem, técnica aprimorada ao longo dos anos em que morou só, em São Paulo, improvisando com o que podia comprar.

Naquela noite, os dois sentados no mesmo sofá, colados um no outro, as mãos sobrepostas, conversando com tanta intimidade, Victor não se conteve e fez a pergunta que, por bastante tempo, vinha-lhe importunando.

— Foi você mesmo que fez aquilo?

— Aquilo o quê? — perguntou Juliana.

— Foi você que matou aquela mulher? — refez a pergunta.

— Não acredito que está me perguntando isso — ela exclamou.

— Se não quiser, não responda.

— Se eu disser que sim, muda alguma coisa? — perguntou Juliana.

— Muda alguma coisa? — ele devolveu a pergunta.

— Eu não sei. É você que quer saber. Você que deve responder.

Victor ficou em silêncio. Talvez quisesse uma desculpa para amá-la, mas não podia. Não porque era culpada ou inocente, vítima ou algoz. Não, isso não mudava o amor que sentia. Mas porque era seu advogado, deveria enfrentar um promotor resoluto, sete jurados e um compromisso com a verdade, com a verdade de sua causa, de sua cliente, de sua vida profissional. Não poderia deixar se entregar aos sentimentos, perder-se a razão, a lucidez necessária. Se gostasse realmente de Juliana, deveria manter-se firme, frio e calculista. *Advogados calculam*, lembrou-se de Herbert. Pelo menos nisso, em algum ponto, ele tinha razão. Entregasse à emoção de amar essa mulher tão maravilhosamente atraente, perderia a perspicácia de enxergar os detalhes, os meandros de uma boa defesa. Precisava também do coração, é verdade, porque não há boa defesa sem paixão. Mas só o sentimento não formava uma boa defesa.

Se eu disser que sim, muda alguma coisa? Com esta frase, Victor descobriu a resposta que os manuais de ética não puderam lhe oferecer. A pergunta de Juliana refletia a mesma verdade que a indagação que vinha fazendo, há meses: *se ela fosse culpada, deveria lutar para absolvê-la?* Havia então descoberto a resposta. Não é pela culpa ou inocência que, como advogado, busca-se absolver um cliente, mas pela própria pessoa que o cliente representa. É o autêntico amor ao próximo que fomenta uma boa defesa, o intento de se obter uma absolvição. Mesmo que fosse culpada, ele não queria perdê-la, porque, embora lamentável o ato, ela não deixava de ser a pessoa maravilhosa que era, diferente do que pensava o promotor, do que pensaram os jurados, quando a condenaram, do que provavelmente pensam as pessoas que não estão assim próximas dela.

- Tenho a certeza de que você é inocente. Mas a resposta não muda nada — disse Victor, enfim.

Os dois continuaram conversando por um bom tempo. Era gostoso vê-los conversar. Entregavam-se com paixão às mesmas preferências, e falavam, falavam com a fome de quem não tinha mais ninguém para conversar. Para Victor, com certeza, para Juliana, provavelmente, era um dos momentos mais prazerosos da vida. Só pararam por volta das onze horas da noite. Juliana pediu para ir embora e Victor se ofereceu para levá-la em casa.

O carro parou na porta de casa, os dois ficaram sentados, em silêncio, nenhum sussurro, apenas se entreolhando. A rua estava deserta, só o barulho de algumas folhas amareladas de buritis deslizavam pela calçada. As duas mãos de Victor permaneciam na direção, mas, de leve, os dedos da mão direita começaram a bater alternadamente no volante. Depois, deslizaram-se calmamente até as coxas de Juliana. Ela não disse nada, continuou imóvel, sentindo os dedos apertando sua perna. O barulho das folhas parou, substituído pelos passos de um desconhecido que, sem conter a curiosidade, aproximou-se um pouco para ver quem estava no carro. Então, voltaram a si.

— Boa noite! — disse Juliana, destravando a porta.

— Vejo você em todos os lugares. Acho que estou ficando louco — disse Victor.

— Como? — perguntou ela.

— Ontem, passei pelo Night Club, ia jurar que vi você na porta — disse Victor, fugindo do assunto.

— Você me liga? — perguntou Juliana.

— Pode ser. Boa noite!

Ele ficou ainda esperando, até que entrasse em casa. Ligou o carro e rumou-se para casa, com certa dúvida, se namorá-la poderia ou não prejudicar a defesa. Sabia que sim, mas queria convencer-se do contrário.

Na manhã seguinte, ao consultar o e-mail, recebeu a confirmação pelo tribunal da liminar do Desembargador Viana. O processo estava anulado, a partir da intimação da pronúncia e, portanto, haveria, em breve, um novo julgamento. Só restava esperar os ânimos do magistrado.

Capítulo 7

O clima estava diferente naquele dia, não fazia frio, o que era raro, nem muito calor como de costume. Apenas uma leve brisa, de quando em quando, adentrava pela varanda, em direção à sala, onde Victor se encontrava sentado, no sofá, estudando a defesa de Emanuel Jesus, vulgo Ratinho, réu confesso, um contumaz ladrão de botequins. Eram vários furtos, todos insignificantes e, por isso mesmo, não conseguia encontrar uma razão que impulsionava tais práticas. Pegou um livro de Criminologia que se encontrava próximo, na ponta da escrivaninha, abriu as folhas aleatoriamente, na esperança de encontrar alguma teoria que explicasse as ações do acusado. Deparou-se com a foto de Juliana, escondida no meio das páginas daquela obra. Esboçou um sorriso, pensara até que talvez ela a tivesse carregado de volta, sem dizer nada.

Viu-se novamente pensando nela, naqueles olhos atraentes e misteriosos, aquele corpo bem desenhado, suplicando para ser arrebatado. Victor ficou sentado, viajando pelas curvas de Juliana, totalmente hipnotizado, imaginando.

Beijava-a sem parar, tudo havia terminado, as acusações, o processo, estavam no quarto, as mãos dela deslizavam pelo seu corpo, enquanto ele tentava, com certo nervosismo, desabotoar o vestido azul, o mesmo do jantar no Ling Shao. Mas o telefone tocou, Victor espantou-se do sonho hipnótico, procurou o celular, não estava na mesa, levantou-se e olhou em volta, estava próximo ao bebedouro, na cozinha.

— Quem fala?

— *Sou eu, Herbert. Não se lembra mais dos amigos?*

— Lembrou-se dos pobres? — Victor perguntou intrigado, pois sabia que Herbert dificilmente ligaria para ele gratuitamente, só não sabia ainda o motivo.

— *Hoje, vai ter uma pequena festa na minha casa, só para os amigos. Não quer aparecer?*

— Não sei, vou pensar no assunto.

— *Está bem, ficaremos lhe aguardando.*

Victor ficou estático, seu corpo parecia congelado, duro e frio. Muito lentamente, como quem tem todo o tempo do mundo, colocou o celular de volta, sobre o balcão da cozinha. Voltou para o sofá e pegou de volta o livro. Assombrou-se, talvez sem motivo, com aquela ligação. Desejava regredir no tempo e voltar ao marco zero, antes da chamada, no mundo encantado onde se encontrava. *O que ele queria?* Tentava pensar numa possível razão quando, repentinamente, saiu-lhe um forte espirro, como se arrancasse qualquer receio. Não havia motivos para temer, afinal, foram sócios por três anos. Ele ligou para convidá-lo à festa. *Foi isso*, concluiu.

Decidiu que iria. Fazia tempo que não se divertia para valer à custa de alguém. *Se bem que poderia ser em grande estilo*, ficou imaginando. Pensou na Edileine, a prima do sargento Vargas. Desistiu da ideia, pois fazia tempo que não falava mais com a moça, não ligaria do nada — *oi, tá lembrado? Fiquei com você, há seis meses atrás, quer ir numa festa?* Pegou a agenda, tentou alguns nomes mais recentes, não teve retorno. *E a Juliana?* Uma voz atrevida perguntou. Poderia ser uma possibilidade, mas não estava confiante, uma festa na casa de *playboys*, não seria talvez do agrado de sr. Antônio. Como não tinha outra opção, resolveu tentar. Correu para o telefone, todo sorridente.

— Então, você vai? — perguntou.

— *Não sei, Victor, acho melhor não.*

— Não tem que se envergonhar, vai estar comigo, eu estou te levando.

— *Se você acha que...*

— Está bem, pego você às nove horas.

Na verdade, pensar nessa tal de Edileine, procurar outros nomes na agenda, tudo não passou de um subterfúgio, uma tentativa de Victor enganar a si próprio. Estava por demais óbvio que, desde o início, só havia pensado em um nome. É provável que a tentativa de ir à festa fosse só um motivo para ligar, ficar perto de Juliana.

— *Yes!* — disse ao desligar, e correu para o chuveiro, não queria se atrasar.

A rua estava apinhada de gente. Noite de lua cheia, um corte momentâneo de energia elétrica, que não era pouco frequente, havia expulsado as pessoas da frente da televisão. As crianças brincavam de pega-pega, os adultos, sentados na beira da porta, conversavam sobre coisas do quotidiano, lamentavelmente sem nenhuma novidade. Aquele carro preto, estacionado na frente da casa de sr. Antônio, chamou a atenção de todos que, em murmurinho, mudaram o papo para a vida da moça. Victor começava a ficar impaciente, não só pela demora, mais de meia hora, mas também pelos olhares cada vez mais focados em sua imagem. Incomodado, ligou o ar-condicionado e subiu os vidros.

Aproximadamente quarenta e cinco minutos depois do horário combinado, ela surgiu, vindo em direção ao para-brisa do veículo, caminhando charmosamente, em passos lentos, como se o mundo houvesse parado. Vestia simples, uma blusa tomara-que-caia, estampa bandeira do Brasil, e um *short jeans* azul, não muito curto.

— Não me arrumei demais, você disse que a festa era simples — disse ela.

— Não importa, você fica linda de qualquer jeito — ele respondeu, beijando-a levemente no rosto, quase tocando as extremidades de sua boca.

— Quer me beijar? — ela perguntou sorrindo.

— Agora não, o olhar dos seus vizinhos me deixa com medo.

O carro sumiu pela esquina da rua, ficando apenas o rastro da gargalhada dos dois, rindo com fartura, em parte aliviados, como se dissessem, em confidência: *de hoje não passa*.

* * *

A festa realmente era pequena, com uns doze convidados. Victor reconheceu todos os rapazes, num total de sete. Dois cunhados de Herbert, quatro amigos de infância, também filhos de fazendeiros, e James que, lamentavelmente, não parava de andar atrás de Herbert, como um cachorrinho, sempre fazendo questão de falar sobre o escritório e o sucesso que estavam obtendo. Dava pena de vê-lo tão submisso. As moças, com a exceção das duas irmãs do antigo sócio, Victor não conhecia. Três delas traziam um vestido ousado demais. Não fosse o corpo escultural, por baixo da parcimônia do pano, talvez, alguém censurasse o traje.

Victor ficou, por alguns minutos, um pouco acuado. Não se via mais pertencente àquele mundo. Quer dizer, sinceramente, nunca se sentira efetivamente daquele universo. Olhava admirado para Juliana que, com desenvoltura, em poucos minutos, conversava livremente com todos, como se conhecesse a maioria deles, há certo tempo. Começou a tocar a música de uma dessas cantoras pop que fazem muito sucesso na atualidade. As moças, todas já muito animadas, começaram a dançar perto da piscina, uma delas chamou James, pedindo que também participasse da dança. O ritmo das batidas parecia aumentar a cada faixa. Os movimentos mais se assemelhavam a um ritual de acasalamento do que propriamente uma dança. Com a exceção de James, que dançava alegre no meio das moças, o resto dos homens ficou observando, cada um com um comentário mais profano sobre o apetite sexual das dançarinas.

Alguém trocou o CD, uma música um pouco mais lenta, mas não menos quente, tomou conta do ambiente. *O bicho vai pegar*, parece que alguém gritou. Juliana encostou-se no corpo de James, este a pegou pela cintura e os dois começaram a dançar. Movimentos suaves, mas cada vez mais apertados, um contra o outro. Victor não esboçou nenhuma reação, meio a contragosto, controlava suas emoções, pois, em suma, era só amizade, amizade de advogado para cliente. O resto do pessoal aplaudia, James, cada vez mais atrevido, largou a cintura de Juliana e cravou seus dedos nas nádegas, redondas e arrebitadas de Juliana, que continuava rebolando em sintonia com os apertos.

A respiração de Victor acelerou, sem pensar mais nada, avançou sobre os dois e, sem delicadeza, puxou bruscamente as mãos de James, separando o par.

— Está maluco? — perguntou James indignado.

— Peça desculpas à moça — disse Victor batendo-lhe com as mãos no peito.

Herbert e seus dois cunhados correram a segurar Victor, enquanto Juliana acalmava James, evitando o início de uma briga.

— Não vou pedir desculpas. Quer ver? — voltou a passar as mãos pelos glúteos de Juliana. — É isso que não gostou? — perguntou em tom de deboche.

Como um relâmpago, Victor desprendeu-se dos três que tentavam contê-lo, pulou por sobre James, derrubando-lhe por cima de uma mesa que, não suportando a força do corpo em arremesso, quebrou-se no meio. Por reflexo, James tentou levantar-se, mas, antes que voltasse a ter domínio novamente sobre seu corpo, recebeu, em cheio, um soco direto no maxilar esquerdo, voando para longe sobre a grama. Victor retomou a consciência, parecia mais aliviado, como se toda aquela reação tivesse retirado um engasgo que, de há muito, sufocava sua garganta.

— Não precisava, você exagerou — disse Herbert.

— Eu me descontrolei, eu me descontrolei — desculpou-se, pegando Juliana pelos braços e saindo.

Dirigiu por alguns minutos, não aguentou mais, irritado, estacionou o carro. Juliana não parava de chorar.

— Droga, por que está chorando? — perguntou.

— Não precisava ser tão grosso — respondeu ela.

— Grosso? Ele te pega na bunda e eu é que sou grosso? É assim? — bradou irritado.

— Quero ficar sozinha — disse ela, ainda chorando, e desceu do carro.

— Juliana, volte! Deixa de ser boba! — gritou Victor, mas ela correu para o ponto de táxi que ficava próximo.

Victor ficou olhando pelo retrovisor, na expectativa de que desistisse, até que ela entrou no primeiro táxi da fila e foi embora. Ele voltou para casa, um pouco desolado pela solidão da noite, mas algo de muito prazeroso enchia-lhe o peito. Antes de dormir, parou em frente ao espelho do banheiro, em vez de um troglodita, viu-se mais tranquilo, mais humano.

* * *

Naquela manhã, as coisas não iam bem. A oitiva de três policiais, testemunhas no caso do flagrante delito de Mendonça, cliente dativo de Victor, fora bem diferente do previsto pelo advogado. Julgara pegá-los em contradição, mas se comportaram metodicamente ensaiados. Não sabia mais o que perguntar e olhava para o réu, em busca de um comentário ou um sinal qualquer de ajuda, mas ele continuava imóvel, insensível a qualquer interferência externa. Quatro longas horas, sentado, ouvindo a mesma história, insólita, meticulosamente planejada.

— Doutor, por favor, espere — pediu o juiz, no momento em que Victor se preparava para levantar.

— Posso pegar um café, pelo menos? — perguntou mal-humorado.

— Prefiro que fique. Não vai demorar muito — insistiu o juiz, pacientemente.

— Eu também não vou demorar. É só um cafezinho pra quebrar o jejum.

— Doutor, por favor, é sobre o júri — interveio o promotor.

— O júri? — perguntou Victor, espantado.

Ele sabia que, mais cedo ou mais tarde, este voltaria a ser o grande tema comum da vida profissional dos três, mas torcia para que isso viesse a acontecer apenas no ano seguinte. Esforçou-se para retomar a lucidez habitual, enfraquecida pelo escasso sono do dia anterior e falta de cafeína, da qual já se acusava a mente, com uma ligeira dor de cabeça. *Sobre o júri?* Se o promotor já sabia do assunto, então, os dois já haviam conversado antes. Logo, precisava estar o mais atento possível.

— Pretendo marcar o júri para, no máximo, daqui a um mês — disse o magistrado.

— Excelência, faltam apenas três meses para o fim do ano — retrucou.

— Por isso mesmo. Conversei com o Dr. Alexandre e achamos conveniente.

— Não deveriam me consultar também?

— Não é isso que estamos fazendo, doutor? — questionou o promotor.

— De qualquer modo, falta o trânsito em julgado da pronúncia — disse Victor, confiante de sua posição.

— Mandei chamar a moça — referindo-se à Juliana — e conversei pessoalmente com ela. Ficou intimada e desistiu do recurso — disse o juiz.

— E o meu direito de recorrer? — Victor perguntou indignado. — Querem retirar o direito do advogado recorrer?

— Doutor, pelo amor de Deus, que tribunal mudaria a pronúncia? — questionou o promotor insatisfeito.

— É uma decisão que compete a mim. Não pedi sua opinião — respondeu com raiva.

— Ninguém vai recorrer! Eu já decidi e pronto — disse o magistrado, seguro de si.

— Mas se eu...

— Se você recorrer? Acha que eu não pensei nisso? — respondeu o juiz antes mesmo de Victor terminar a fala. — O Dr. Alexandre faz um pedido e, posso lhe garantir, a sua cliente não ficaria nem mais um dia em liberdade. Quer enfrentar o tribunal novamente ou colaborar com a celeridade processual? — perguntou, em tom debochado.

— Está bem, doutores, expressamente desisto do recurso.

Victor levantou-se, perplexo, olhando para os dois homens da lei, que continuavam sentados, tão-só preocupados com a agenda, como se nada de anormal tivesse acontecido. Pegou o processo, procurou as folhas da intimação e nelas, após alguns segundos de vacilo, rubricou seu nome e a clara manifestação da desistência do recurso. Reergueu a cabeça, voltou seus olhos novamente para os dois, a procurar algum sinal de remorso ou angústia, leve que seja, pelo atropelamento do direito. Mas pareciam, afinal, aliviados. A um, caberia fiscalizar a exata aplicação da lei, ao outro, a mais justa efetivação da norma; porém, aos dois, a certeza do dever cumprido.

— A justiça agradece — disse o magistrado.

Victor saiu mudo. De fato, para seu desejo, o julgamento poderia demorar todo o tempo do mundo para acontecer. Não estava disposto a recorrer da decisão de pronúncia, mas queria o seu direito, o livre direito de deixar transcorrer o prazo, sem pressões, sem ameaças. Perguntava aos sábios botões, se tomara a decisão correta, mas não responderam, pareciam ter perdido a prosopopeia, envergonhados da virtude humana. A força da lei, comprometida com a celeridade, havia vencido a nobreza do direito. Victor desceu as escadas confuso, perdido no próprio mundo que julgara tão conhecer. Necessitava esquecer aquele dia, fazer algo diferente.

* * *

Naquele fim de tarde, sentia-se desanimado e enraivecido com a ideia de alguém lhe dizer o que deveria ou não fazer, pois não se fez advogado para curvar-se ante as ameaças. Tentou aplicar a máxima de Couture, *terminado o combate, esquece tanto a vitória, como a derrota*, mas não conseguiu, a luta estava apenas começando. Preparou uma chávena de café, na esperança de que a cafeína, talvez, pelo seu efeito estimulador, restaurasse-lhe os ânimos. Sisudo, tomou da xícara em apenas três goles e, sem nenhum resultado imediato, procurou na sabedoria de um livro o fim da inquietação.

Involuntariamente, suas mãos cataram da mesa o mesmo livro de Criminologia e, no meio de suas páginas, novamente a fotografia de Juliana. Como mágica ou efeito do café, o coração levemente acelerou e sua mente pôs-se a viajar pela beleza da moça, até que foi parar naquela festa. Você foi grosso, não, exato, não precisava ser tão grosso, foi a última imagem, antes de ouvir tocar a campainha.

— Porque os amigos visitam os amigos — disse Herbert ao entrar pela porta.

— Mais uma vez, espanta-me a sua visita.

— Sou seu amigo, Victor. Não confunda, eu só não quis perder dinheiro. Só isso.

— E o que mais deseja?

— Não vou deixar que se torne um eremita. Tem algum plano para hoje à noite? — perguntou Herbert, enchendo a sala de bafo de cerveja.

Victor hesitou um pouco, pois, da última vez, tudo terminou em confusão. Ficou com a ligeira impressão de ter ouvido novamente a voz do pajé parnaibano, da tribo dos Anapurus, citando Ferreira Gullar: *os mortos veem o mundo pelos olhos dos vivos.* Não, a festa corria tranquilamente, até que, num surto de ciúme e raiva, atacou James, no intuito de protegê-la, mas, no final, ficara-lhe apenas o adjetivo de mal educado.

— Para onde vamos? — perguntou Victor resoluto.

— Conhece a nova Boate Night Club?

— Ainda não, só passei na porta.

— Vai se arrumar que espero. É hora de aventura, meu caro! — disse Herbert eufórico.

* * *

Meia hora depois, os dois colegas entravam na Boate Night Club. O sucesso da casa noturna era inquestionável. Numa terça-feira, uma semana depois do feriado da independência, mais de 100 pessoas lutavam para conseguir um ingresso.

— Qual o segredo do sucesso? — perguntou Victor.

— Por causa das freelancers da noite — gritou Herbert, em meio à multidão.

— Freelancer?

— Isso mesmo. Uma espécie de garota de programa independente, de alto nível.

— Freelancer? Está falando sério? — Victor perguntou novamente.

— Se der sorte, a gente consegue uma. São muito disputadas.

Os dois se espremeram por entre os dançantes até alcançarem o bar, encostando-se no balcão.

— Como nos velhos tempos? — perguntou Herbert.

— Como nos velhos tempos — confirmou Victor.

O *barman* serviu-lhes então duas doses de Rémy Martin V. S. O. P. E enquanto o colega investia seus ânimos contra uma garota que acabara de se encostar ao balcão, Victor deliciava-se com o gosto da bebida, provocando a lembrança do início da advocacia na Cidade do Oeste, quando conheceu Herbert. Com vista a fugir da nostalgia que tentava lhe aterrar, virou-se em torno do salão, em busca de alguém mais conhecido, um rosto familiar pelo menos. Surpreendeu-se com a figura que, no meio da grande sala, tentava passar para o lado sul, em direção à ala VIP. Esfregou os olhos, dois clarões de luz pareciam ter-lhe invadido a retina, voltou a observar, agora com mais atenção. Cabelos presos, maquiagem carregada, tinha quase a certeza de que era ela, acompanhada de três rapazes, todos bem vestidos, oriundos da alta sociedade, a contar pela grife e acesso à sala especial. Victor se afastou do bar, rapidamente, antes que desaparecessem na multidão, tentou alcançá-la, mas foi impelido pelas pessoas que viam em direção contrária. Pulou uma ou duas vezes, tentando enxergar por cima da cabeça dos que bloqueavam a vista, sem sucesso. Chegou à entrada VIP, mas não tinha livre acesso. Ficou procurando através do vidro transparente que dividia os dois espaços, até que um segurança pediu para que se afastasse. Voltou para junto de Herbert.

— Estava atrás da moça que acompanhava o pessoal VIP? — perguntou Herbert.

— Você viu? Era ela mesma? — Quis saber, meio cético.

— Não queria dormir sozinho, hoje, não é? Mas, cuidado, não vá se apaixonar!

— Tarado! Você só pensa em sexo. Eu apenas queria cumprimentá-la — disse Victor.

— Correndo daquele jeito? Pensei que tinha visto a mulher de sua vida — Herbert começou a rir e disse — você sabia que ela é freelancer das mais concorridas?

— Por favor, respeite a moça. Você nem a conhece direito.

— Está bem, olhe essa outra chegando, não é uma gata? Se quiser eu lhe apresento — disse Herbert, mudando de foco.

A noite foi maravilhosa. Victor confirmou os motivos do sucesso da nova casa noturna, pois há tempos não se divertia tanto. Contudo, aquele incidente não desgrudava de sua mente, a cada pausa para um gole, cada ida ao banheiro, cada olhar fugidio pela sala VIP, via-se interrogando sobre as palavras de Herbert. *Seria verdade? Estariam falando da mesma pessoa?*

* * *

Victor acordou cedo, nenhum sintoma de dor de cabeça ou ressaca precoce, como manifestações da noite agitada. Era uma manhã quente e ensolarada, pouco propício para dirigir a sotavento, mas não queria procrastinar a decisão. Preferia resolver tudo de uma vez a ficar com a dúvida martelando, cruelmente, a sua cabeça.

O percurso inteiro tomava, pelo menos, quarenta minutos. Outras tantas vezes havia tomado aquele mesmo caminho, sem desconforto, despercebido das fendas e crateras, buracos de todos os tipos e tamanhos, que tomavam conta da estrada, martirizou-se, até chegar à rótula de entrada da cidade, passando pela placa de boas-vindas, velha e desbotada. Acelerou, mas com a cabeça nos ares, tentando desacreditar a si mesmo, quando, num susto, ao ouvir a voz, idêntica à de seu pai, gritando, freou bruscamente o veículo.

— Você é cego? — bradou-lhe malcriadamente o homem de meia-idade que atravessava, imprudentemente, sobre uma carroça, o cruzamento de vias.

— Tu és louco! — respondeu Victor, na mesma medida de tom e voz.

Tentou seguir viagem, mas os braços enrijeceram, não conseguia nem mesmo acertar o toque da ignição. Parou no acostamento e olhava fixamente, ainda assustado, para o carroceiro, que continuava a marcha, descontraído, como se não fosse ele, a menos de um minuto, a possível vítima de um abalroamento. Não estava longe, estacionou e resolveu terminar o percurso a pé.

Bateu três vezes na porta, esperou, tocou mais duas vezes e escutou o barulho da fechadura se destravando.

— Entre, por favor — disse Juliana, ainda com olhos de sono.

Levantara-se naquele instante, forçada pelo barulho da porta. Estava sozinha em casa, o pai viajara para Santa Luzia, o município vizinho, bem cedo, no pretexto de visitar uns parentes próximos que há muito não vira. Não teve tempo de se trocar, usava uma camisola preta, transparente suficiente para se dar conta de cada curva mais íntima do corpo e as calcinhas douradas, quase despercebidas, não fosse o esbanjamento do charme maior do que a economia da peça. O rosto continuava lindo, sem o esplendor da maquiagem, é claro, mas do jeito que lhe fazia recordar de sua imagem na prisão, do seu rosto por detrás das grades.

Ele pensou em agarrá-la, de súbito, sem falar nada, num só ato arrebatador. Porém, conteve-se, tomou um pouco de ar e disse:

— Tentei falar com você, ontem, no Night Club — olhou para Juliana com cara de remorso, como se dissesse a maior blasfêmia do mundo e, pretendesse, pela mímica do olhar, desculpar-se de tamanho insulto.

— Aceita um café? — perguntou ela.

— Aceito — disse Victor, na dúvida se esquecia o assunto, repetia o que dissera antes ou adotava uma abordagem menos direta.

— Eu estava acompanhada — disse Juliana calmamente, dirigindo-se para a mesa, pegar o açucareiro.

— Um deles é seu namorado? — perguntou Victor, com a voz um pouco enfraquecida.

— E se for? — indagou a moça, enquanto rodava a colher pela xícara. — O seu problema é que não decide, fica se desculpando entre a ética profissional e o controle emocional, mas, sabe o que eu acho? — fez cara de cínica — acho que tem medo de contato, prefere seus sonhos, suas fantasias, as imagens que você mesmo cria. Por que nunca me beijou? Por que é meu advogado? Que mentira!

— Não fale assim, Juliana — Victor quase implorou.

— É verdade — ela continuou —, você tem medo que a realidade desfaça sua imaginação. Você tem medo do mundo e prefere a falsa ilusão de sua mente.

— Não é nada disso — ele queria se desculpar de tudo —, é que Herbert disse que você é... Escapou-me o nome, mas, fiquei...

— Freelancer? Ele disse que eu sou freelancer? — questionou, com cara de brava.

— Não me leve a mal. Eu fiquei na dúvida, porque gosto de você.

— Está vendo? Você não gosta de ninguém, Victor. Se fosse homem de verdade, já teria me agarrado, me beijado. Mas não é — ela disse com raiva. — Já pensou em como pago as minhas contas? Já pensou que meu pai não está trabalhando, mas precisamos comer todos os dias? Já pensou que não existe amor sem dinheiro? Não, você não pensou. Não pensou porque não é lhe prazeroso, porque foge à falsa beleza, romântica, bucólica, que a sua ilusão criou.

Com os olhos a transbordar de lágrimas, Victor levantou-se em disparada e saiu. Era como se no chocolate, alguém houvesse adicionado veneno. O coração doía, parecia cortar-se em dois, num só golpe. Victor sentiu-se magoado, profundamente magoado. Jamais imaginara que, da boca daquela moça, que tanto adorava, com quem tanto sonhara, pudessem sair tão duras verdades, palavras cruéis, a nocauteá-lo, direto para o solo, desfeito em pedaços.

* * *

Dormiu por quase três dias seguidos, sem se importar, inclusive, com os possíveis compromissos profissionais. Sorte a dele, pois não tinha, nessa semana, nenhuma outra audiência. Pesava-lhe a cabeça, sentia o coração ainda disritmado. Tentou comer alguma coisa, mas a cada tentativa, formava-se novamente o nó da mágoa, impedindo--lhe de engolir.

— Droga, droga, droga! — gritou, lançando o prato para longe.

Era uma mistura de raiva e dor. Raiva de Juliana, raiva das palavras que ela proferiu, raiva de si mesmo, de ser tão sentimental, de ver em tudo aquilo a mais pura expressão de alguma verdade que, tentava esconder, mas afugentava seu espírito, dizia-lhe incapaz de evitar a solidão. Foi à parede, navegar pelo templo da alma, embalado sobre as ondas das linhas e curvas do quadro de Oiticica. Observou os detalhes, aprofundou-se nas figuras geométricas que se formavam sobre o globo de seus olhos. Viajou! Uma voz surgiu de sua própria respiração, tímida no começo, mas cada vez mais destemida, inteli-gível. *Levante a cabeça*, disse-lhe a voz inicialmente, *levante a cabeça!* Obedecido o comando, viu sua vida passar por entre as formas e cores de Oiticica. Sua luta em São Paulo, seus dias tenebrosos de trabalho como motoboy; porém, disposto, alegre, motivado, ao enfrentar, durante à noite, as quatro aulas diárias de faculdade. Viu-se cabeça erguida, sonhador, valente, ao receber o Diploma de graduação. Descobriu-se destemido, esperançoso, ao combater as lamúrias, próprias e alheias, do início da advocacia; resoluto, determinado, ao confirmar a si mesmo a decisão de enfrentar o plenário do júri da Cidade do Oeste e o suposto clamor da opinião pública.

A campainha tocou.

— Bom dia, doutor, meu nome é Gabriel. Importa-se de perder alguns dos seus valiosos minutos comigo? — disse o rapaz, retórica e educadamente.

— Por favor, não fique na porta.

Victor estava intrigado, não tinha a mínima ideia de quem era e o que pretendia. Pelo traje, embora simples, aparentava não trazer perigo, antes fosse de boa família.

— Importa-se de uma chávena? — convidou Victor, levantando a xícara na qual servia o café.

— Não, obrigado.

— É da família desses anjos que trabalham para Deus? — brincou Victor.

— Creio que não. Eu sou filho do Dr. Sandro Villas-Boas.

— Foi um grande Promotor desta cidade.

— Mas, agora, aposentado, só quer saber de suas mangas — disse Gabriel.

— Sim — Victor saboreou mais um gole do café —, afinal, a que lhe devo esta inesperada visita?

— Sou estudante de Direito, do 7º semestre, da Faculdade São Francisco. Queria saber se o doutor precisa de um estagiário, pelo menos para o júri.

— Nem escritório tenho, meu filho. Como vai estagiar?

— Não importa o lugar, eu só quero aprender.

— Por que não aprende com seu pai? Ele sim, foi um grande tribuno.

— Ele se aposentou, doutor. Mas disse que o senhor tem talento, é promissor. Basta acreditar.

— Como pretende ajudar?

— Eu não sei, o senhor me diz. Mas eu conheço as pessoas.

— E isso faz um júri?

— Sou um bom aluno, escrevo bem, tenho prática na pesquisa.

— Tudo bem, se eu precisar de um estagiário, pode confiar que o chamo — disse Victor acompanhando-o até a porta.

* * *

Manhã de segunda-feira, tinha em mãos a cópia da ciência das testemunhas arroladas pelo promotor e a intimação para que, no prazo de cinco dias, também apresentasse as suas. Parou, a meio caminho do corredor, pensando nas pessoas que poderia intimar, na esperança de um resultado melhor.

— Dr. Victor — uma voz sussurrou, vindo da porta do gabinete do juiz da 2ª Vara.

Virou e se deparou com Rachelle, uma das serventuárias do cartório criminal, quase escondida, com apenas um dos lados da face apontando ligeiramente para fora.

— Abandonou o crime? — perguntou Victor, em tom de gracejo, dirigindo-se para a moça.

— Encontre-me na lanchonete, tenho uma informação importante.

— Agora?

— Daqui a meia hora — disse e fechou a porta.

O que ela queria? Um turbilhão de ideias tomou conta da cabeça de Victor. Não pelo fato da conversa na lanchonete, mas porque notara, pela feição de Rachelle, pelo jeito como olhava fugidio, aparentando guardar algum segredo, que se tratava de algo sério. Bem, em menos de meia hora, estaria confrontando a verdade. Portanto, tomou o lado leste, descendo as escadas, em direção à lanchonete, enquanto sua mente teimava em interrogações. Seria algo contra a Juliana? Daquele modo atrevido, sempre na vanguarda, não era descartável a chance de ela ter feito alguma bobagem, capaz de prejudicar o julgamento. Será que Rachelle sabia de algo, capaz de culpá-la de vez? Não, ela não conhecia bem a moça. Seria muito azar. Chegou à lanchonete, pediu um suco de maracujá e ficou aguardando a serventuária. Não seria surpresa, quem sabe, ela aparecer com algum pedido bobo de assinatura de rifas de alguma nova quermesse.

— Doutor, desculpe, não consegui sair antes.

Enfim, cortando o raciocínio de Victor, ela surgiu na frente da mesa, Rachelle Josten Rider, cabelos pretos, aproximadamente 66 quilos, católica fervorosa, encontrava-se no 2º semestre de Direito e sonhava vir a ser juíza. Sempre simpática, aliás, a única atendente simpática do cartório criminal do Fórum Teixeira de Freitas, Victor até desconfiava de que tinha uma ligeira queda por ele. Mas nada de anormal, de sair se gabando ou tentar uma abordagem mais atrevida, no risco de perder, talvez, uma amiga.

— Sente-se, Rachelle. Quer tomar alguma coisa?

— É sério, doutor, só não fale nada para ninguém — disse, fitando fixamente os olhos do advogado.

— Respire, tome alguma coisa — disse Victor, no mesmo instante em que fez sinal para a atendente trazer mais um suco.

Após dois goles, Rachelle parecia mais tranquila. Olhou para os dois lados, buscando identificar os presentes, poucos conhecidos, ninguém do cartório criminal, e voltou-se novamente para o Victor.

— Sabe, doutor — disse baixinho —, eu ouvi o promotor conversando com o juiz, parece que ele tem uma carta na manga.

— Como assim? — Victor perguntou.

— Eu não sei, mas acho que é alguma prova, algo que ainda não sabe.

— Só isso? — Victor perguntou novamente, agora incrédulo.

— Achei que seria bom saber, para não ser pego de surpresa — justificou a moça.

— Eu sei, Rachelle. Fico muito grato e espero um dia poder retribuir. Tenha certeza de que irei descobrir o que é.

Rachelle despediu-se, pois a folga havia terminado e tinha uma montanha de petições esperando para serem autuadas. Victor ficou sentado, tranquilamente, saboreando o restante do líquido que ainda sobrava no copo. Não parecia ser nada grave. Afinal, de qualquer documento que se juntasse ao processo teria a ciência oportuna, sob pena de não poder ser utilizado pelo interessado no Plenário.

Diferente dos corriqueiros filmes americanos, no sistema brasileiro, não se permite a juntada inesperada, a qualquer tempo, das provas. Qualquer documento, que o promotor pretenda usar no julgamento, deverá ser juntado aos autos, até três dias antes. Contudo, algo no ar recomendava-lhe não baixar a guarda.

* * *

O instinto dizia-lhe que não estava tudo certo. *O que seria?* Ficou pensando. Tinha já tomado todas as precauções, preparara as teses com meticuloso cuidado, buscando prender todos os fios soltos, obstruir todos os caminhos legais de fuga que o promotor pudesse explorar. Cismava-lhe, porém, a ideia de que algo mais deveria ser feito. Pensou em Juliana, daquela manhã em diante, nunca mais se falaram, em parte porque não fez questão, em parte porque a preparação do caso tomava-lhe os dias e as noites.

Estava quase tudo pronto. Faltava a analisar o perfil de alguns jurados, que não conhecia, e preparar possíveis perguntas para as testemunhas arroladas pela acusação. Olhou para o nome dos cinco jurados que faltavam, sem ideia do que fazer, decidiu pedir a ajuda de Gabriel, talvez conhecesse a todos.

— Eu não tinha perdido as esperanças — disse Gabriel, sorridente.

— Preciso que me ajude com estes nomes, conhece? — perguntou Victor.

— Não, doutor, mas este aqui é novo — ele respondeu com o entusiasmo de quem acabou de revelar o mapa do tesouro.

Como Victor não havia descoberto isso antes? Sua mente pairou em dúvidas. Estaria realmente preparado para o júri? Como não tinha visto? Com certeza, era sobre isso de que contara Rachelle.

— Você sabe alguma coisa? — perguntou com certa rispidez.

— Não, doutor. O que deveria saber?

Victor decidiu ligar para Juliana. Ela deveria ter a resposta.

— Quero que venha agora! — disse antes de desligar o telefone.

Jamais cobrara uma verdade sequer sobre o caso, mas, no momento, tão próximo do julgamento, exigiria a verdade. Estava colocando sua vida profissional em risco, portanto, seria duro com ela, o quanto necessário, pois não pretendia ser surpreendido no Plenário, como um estúpido e ingênuo aprendiz.

* * *

Juliana chegou quase duas horas depois. Ao entrar, esboçou um pequeno sorriso, meio envergonhada, meio nervosa. Até queria tocar no assunto daquela manhã, mas preferiu aguardar. Queria mesmo pedir desculpas, dizer o quanto foi tola, *quase perdeu o advogado*, como disse o pai. No telefone, imaginou um provável abandono do caso, porém, no caminho, nas intermináveis horas esperando o ônibus, refletiu que não seria possível, pois faltavam dois dias para o julgamento. Apesar daquelas palavras de desabafo, naquele dia, ela acreditava no firme compromisso de Victor com a ética. Pelo que sabia, mesmo abandonando a causa, o advogado deveria cuidar de tudo, nos dez dias subsequentes.

— Você conhece esta pessoa? — perguntou Victor.

— Sim, ela foi vizinha de dona Atenéia. Por que está perguntando?

— Ela foi arrolada como testemunha. Sabe o motivo?

— Como vou saber, não é você o advogado?

— Deixa de brincadeira — disse Victor, sério. — Eu quero a verdade, se não me contar, vai ser condenada. É isso, vai ser condenada e não vou poder fazer nada para ajudar.

— Eu não sei, Victor — ela respondeu com calma.

— Por favor, sem intimidades — Victor respirou fundo. — Eu sei que sabe, eu sei que sabe. Chega de fingimento!

— Pode ser uma coisa — ela disse, abaixando um pouco a cabeça.

— O quê? Fale logo, só temos dois dias.

— No dia do crime... No dia do crime, quando entrei na casa, não sei, não me lembro bem, mas acho que ela estava na janela.

— Ela estava na janela? — perguntou Victor, assustado.

— Acho que sim — disse chorando. — Posso ir embora?

Victor ficou confuso. Talvez fosse isso, a testemunha que vira a hora em que Juliana entrou em casa. A testemunha que, com certeza, seria usada pelo promotor, para induzir a prova de que Juliana era a assassina. Precisava encontrar uma saída, precisava de uma boa resposta.

* * *

Assim, numa manhã de terça-feira, um pouco depois das oito horas, começou o grande júri, *o Estado, por sua promotoria, contra Juliana Britney Silva*. A população e todos os jornalistas da região, os que assistiram da primeira vez e os que não queriam perder a segunda chance, como se fosse uma reprise, compareceram em peso.

Dr. Alexandre estava confiante, fez questão de certificar pessoalmente se todas as testemunhas já se faziam presentes. Passou perto de Victor e, como se pretendesse partilhar um segredo, disse baixinho:

176

— Vou te deixar em pedaços — sorriu e foi se sentar ao lado do juiz, no lugar reservado à acusação.

Começou o processo de escolha do júri. Victor estava indiferente, pois estavam presentes apenas dezesseis mulheres, todas entre 30 a 40 anos de idade, com crenças e ideologias semelhantes. Até o gosto parecia o mesmo, pois trajavam, coincidência ou não, roupas idênticas.

Vai ser melhor que antes, pensou Dr. Alexandre, enquanto aceitava, sem recusa, as sete juradas selecionadas.

Declarado o compromisso pelo juiz, o julgamento finalmente começou. O delegado, Dr. Iron Prestes, foi a primeira testemunha a ser ouvida. Contou a história que todos já sabiam, de cor e salteado. Contou do dia do homicídio, por volta das três da manhã, a própria Juliana ligou para a polícia. Suspeitaram desde o começo porque não houve arrombamento nem subtração de joias ou outro bem de valor. O assassino seria, certamente, uma pessoa de confiança.

— O doutor quer dizer que nenhuma outra pessoa poderia ter entrado naquela casa? — perguntou o promotor, Dr. Alexandre.

— Protesto, Meritíssimo — se manifestou Victor —, não há como a testemunha confirmar tal fato.

— Alguém mais poderia ter entrando na casa? — reperguntou o magistrado.

— Não é impossível — respondeu o delegado —, mas presumimos ter sido alguém da casa.

Discorreu ainda sobre a posição em que encontraram a vítima, que o criminoso utilizou uma faca da própria cozinha, que, segundo a perícia, o crime acontecera entre duas a três horas da manhã.

— Não tem uma hora exata do crime? — questionou Victor.

— Não, doutor, o senhor sabe disso — respondeu o delegado.

— Eu não sei, eu não sei — foram as palavras que Victor repetiu até voltar à mesa da defesa, ao lado de Juliana, permanentemente de cabeça para baixo.

Sem mais perguntas, chamou-se a testemunha seguinte, Ourides Varela da Cunha, 53 anos aproximadamente, cabelos pretos, ligeiramente esbranquiçados, usava um conjunto cinza, de blazer e saia. Victor estremeceu, era um dos trunfos da promotoria. O que saberia essa mulher? Teria presenciado o crime? Saberia de algum segredo? Pediu um guardanapo, suas mãos estavam molhadas de suor.

— A senhora conhecia dona Atenéia, a vítima? — começou o promotor.

— Era vizinha, morava bem em frente.

— A senhora conhece essa moça, ali, sentada? — apontou o dedo para Juliana.

— Conheço. Eu estava na janela quando ela entrou.

Ao ouvir isso, Victor se levantou e aproximou-se, ficando ao lado do promotor, olhando dentro dos olhos da testemunha.

— Por favor, explique melhor — pediu Dr. Alexandre.

— No dia do crime, quando ela chegou em casa, eu estava na janela. Eu vi quando ela entrou — repetiu dona Ourides.

— A senhora se lembra do horário?

— Perfeitamente, foi por volta das três horas.

— Sem mais perguntas, Excelência — disse o promotor.

Victor respirou fundo e preparou-se para o contra-ataque. Estava ciente de que, embora a sra. Ourides não tivesse repetido nada de novo, além do que o delegado já havia deposto, Dr. Alexandre pretendia transformá-la numa espécie de testemunha ocular. Ecoavam em sua mente as possíveis falas do promotor, *essa senhora viu, essa senhora viu*.

— A senhora sabe que, se mentir, será processada? — começou Victor.

Ela não respondeu, apenas acenou com a cabeça.

— A que horas foi para a janela?

— Por volta da meia-noite. Talvez um pouco antes.

— Ficou por mais de três horas na janela, é isso?

— Levantei-me uma vez só, para tomar um copo de leite e ver se o sono vinha.

— A que horas foi isso?

— Não me lembro, doutor.

— Pode ter sido por volta das duas ou duas e meia?

— Não me lembro, eu já disse.

— Não se lembra ou não quer responder?

— Excelência, por favor, o advogado está interrogando a testemunha! — bradou o promotor.

— Doutor, ela já respondeu — disse o juiz, voltando-se em seguida para o promotor. — por favor, não sou surdo, agradeço se não gritar nos meus ouvidos.

Victor não conteve a graça e ensaiou um pequeno sorriso, mas, imediatamente, fez cara de mau e voltou à inquirição.

— Quanto tempo ficou longe da janela?

— Mais ou menos, meia hora.

— É possível que alguém tenha entrado e saído sem a senhora ver?

— É possível, doutor.

— Sem mais perguntas, Excelência.

Dr. Alexandre se balançava na cadeira de um lado para o outro, nervoso. Sabia que Victor havia enfraquecido a testemunha. Agora, só faltava ouvir uma testemunha da defesa, a única que o advogado arrolou. E justamente isso o intrigava, não conseguia compreender as intenções de Victor. A testemunha da defesa parecia favorecer a acusação, por isso não havia antes se preocupado. Contudo, naquele momento, alguma coisa dizia ao promotor ter se enganado. Aproximou-se mais do magistrado e cochichou algo no ouvido.

— A sessão está suspensa para o almoço — disse o magistrado.

— Excelência, gostaria antes de ouvir a última testemunha — contestou Victor, em tom de súplica.

— Eu já suspendi, doutor — respondeu o magistrado.

— A defesa requer a nulidade do júri, por prejuízo na formação das provas e...

— Não exagere, doutor. Está bem, vamos ouvir a próxima testemunha — decidiu o juiz.

Victor aguardava aquele momento. Uma pausa, de uma ou duas horas, seria o grande desejo de Dr. Alexandre. Chances para se recompor, reavaliar os depoimentos e, provavelmente, preparar-se para contra-atacar. Assistiu de camarote, a entrada de Dr. Agamenon, seguindo-lhe com os olhos, até se acomodar no assento reservado à testemunha, no centro do plenário, como o protagonista do momento.

— Da última vez, meu colega expressou-lhe os nossos lamentos pela morte da esposa. Queria, novamente, externar minha tristeza.

— Doutor, limite-se às perguntas, ou terá de fazê-las dirigidas a mim — advertiu o juiz.

— Só queria dizer o quanto lamento o ocorrido — disse Victor, dirigindo-se para o médico —, mas o senhor sabe que tem compromisso com a verdade, não sabe?

— Sei, doutor — respondeu o médico.

— Conte aos jurados, doutor, o que vem me intrigando, há muito tempo, onde estava na noite da morte de sua esposa?

— Fui convidado para um jantar, na AMRB, Associação dos Médicos Residentes de Barreirinhas.

— O senhor foi ao jantar?

— Claro.

— Onde ele aconteceu?

— No clube da Associação.

— Como estava sua esposa quando a deixou?

— Não entendi.

— Eu me refiro ao seu estado físico.

— Se eu entendi sua pergunta, o estado físico dela era "viva".

Gargalhadas no tribunal, o público só se conteve quando o juiz ameaçou esvaziar o recinto.

— Continue — Victor se esforçou para não perder o tom de seriedade.

— Fui para o clube, por volta das 22 horas, jantamos e depois começou o baile.

— Quando a festa terminou?

— Com certeza, às 3 horas e 15 minutos. Cheguei às 3:23, isso mesmo.

— Mas a maioria não diria "por volta das 3 e meia"? — ironizou Victor.

— Eu não sou a maioria, rapaz — respondeu Agamenon —, eu sou o melhor médico desta cidade.

— Respeite este tribunal! — gritou Victor —, respeite este tribunal, respeite a minha função. Isto aqui não é a sua clínica — baixou a voz.

— Por favor, responda com bons modos — advertiu o juiz.

— Estou correto em presumir que era feliz? — continuou Victor.

— Sim.

— Já teve amantes?

— Eu? — Dr. Agamenon começou a suar. Tentava esconder as mãos, mas era perceptível que tremiam, pois tremiam muito.

— O senhor nunca teve um caso com a sua secretária? — Victor foi direto.

— Isso faz tempo — respondeu o médico, já perturbado.

— Não é verdade que tentava seduzir esta moça? — Victor disse com ênfase, apontando para Juliana.

— Eu, eu, eu explico — respondeu gaguejando.

— Doutor, o senhor está abusando do pobre homem. O que isto tem a ver com o caso — reclamou-se o promotor, vindo para o centro do plenário.

— Está bem, não precisa responder — disse Victor, fazendo cara de quem já conhecia o resto da história.

— Conforme o relatório da polícia, o senhor retornou da festa, entre duas a duas e meia da noite. É verdade?

— É verdade, voltei para pegar a minha carteira, mas, logo retornei. E a que conclusão isso leva? Quer insinuar que matei a minha própria esposa? — Dr. Agamenon questionou, profundamente irritado.

— O senhor é um médico inteligente, mas é o júri que deve tirar conclusões. Sem mais perguntas, Meritíssimo.

* * *

Após o almoço, o júri recomeçou. Juliana reservou-se no direito de ficar calada. Victor traçou esta estratégia para evitar possíveis ataques pessoais por parte da promotoria. Dr. Alexandre Dumas fez sua declaração de abertura e demonstrou o quanto estava preparado para o julgamento. Discorreu com eloquência sobre a fatalidade da morte, sobre a injustiça da traição e como, até mesmo Deus, foi intolerante com o homicídio. Tentou também retirar o peso emocional das possíveis falas de Victor, reconhecendo que a acusada, realmente, era uma mulher muito nova, que mereceria outro destino. Contudo, deveria responder pelos seus atos, deveria receber, na justa medida, o castigo por ter ceifado a vida de um outro ser humano.

— O Defensor haverá de sustentar neste Plenário que há dúvida acerca da autoria, e que esta dúvida beneficia à acusada. Mas é mentira — o promotor sacudiu negativamente a cabeça —, todos nós ouvimos as declarações da dona Ourides, uma senhora de idade, que veio prestar sua colaboração com a justiça, sem motivos para alterar a verdade dos fatos. Quem ela viu entrar em casa por volta das três horas? Quem? Não há dúvida, senhoras juradas, devem fazer justiça a essa mulher honrada, dedicada, benevolente, cuja vida foi tão precocemente ceifada. Dona Atenéia morreu às três horas, somente Juliana estava em casa às três. Foi assim que a testemunha contou, contou porque viu. Quem será então a autora do crime, senão Juliana?

O promotor estava tomado de uma profunda tristeza. Era como se, guiado pela verdade de suas falas, implorasse a única decisão possível: a condenação.

— Hoje, não vim aqui falar somente de um assassinato, da crueldade de uma moça, tão jovem, a quem a sociedade, como a todas as moças de sua idade, não espera tamanha brutalidade. Propus-me a falar também das boas qualidades humanas, das quais nos honram, das quais nos tornam orgulhosos de fazer parte desta sociedade, de saber-nos pessoa de bem, tementes a Deus e solidários com o próximo. Hoje, vim falar de dona Atenéia, que infelizmente não está mais entre nós, porque lhe fora roubada covardemente a vida. Jamais me conformarei com esta situação, por isso luto por justiça, peço justiça, imploro por justiça!

O promotor fez uma pequena pausa.

— Quem foi dona Atenéia? Nascida no seio de uma família nobre, filha de um Ministro do Tribunal Superior Militar, formada em Sociologia. Ao se casar com o Dr. Agamenon, abandonou o conforto da capital e preferiu viver na Cidade do Oeste. Fez isso por obrigação? Por necessidade? Não, senhoras juradas, o esposo acudiu à vontade dessa honrada mulher, cujo sonho era servir aos necessitados, que queria estar onde as pessoas realmente precisassem de sua ajuda. Veio para cá, veio para ajudar. A própria acusada é testemunha disso, e ela não poderia negar. Quando o pai perdeu o emprego, quando ela queria estudar numa escola melhor, quem foi que a recebeu e lhe deu o conforto que muitos de nós jamais tivemos? Foi dona Atenéia, vitimada pelas próprias mãos de quem ajudou.

Victor começou a se sentir pouco confortável. Tinha a amarga sensação de que o promotor estava levando as juradas para o lado da acusação.

— Quem alguma vez frequentou a igreja presbiteriana do centro, sabe da fé dessa mulher — continuou Dr. Alexandre —, cristã fervorosa, ninguém ousaria levantar uma pedra contra a sua ilibada honra, sua devoção a Deus e sua participação ativa na causa divina e auxílio dos necessitados. Essa mulher de fé, de tamanha fé que, pela sua coragem e tenacidade, não temeu a morte, porque sabia de seu lugar reservado à direita de Jesus. Não choramos, não, senhoras. Apenas agradecemos pela graça de tê-la em nossa cidade. Não choramos, não fosse covardia e traição, o seu assassinato.

O promotor tomou um gole de água, respirou pausadamente, permaneceu alguns segundos em silêncio e prosseguiu:

— Senhoras juradas, julgamos aqui um homicídio, mas não um homicídio qualquer, um homicídio qualificado, duplamente qualificado. De forma dissimulada, à traição, pelas costas, dona Atenéia recebeu, não duas, três, cinco ou seis facadas. Não, minhas senhoras, ela recebeu nada menos do que quinze, quinze facadas! Sendo a maioria pelas costas — abriu os autos e lançou-os sobre a mesa das juradas, propositadamente abertos na página que iniciava a sessão de fotos da cena do crime, com a vítima ensanguentada, prostrada sobre o chão da cozinha. — Poderiam me perguntar, por que razão? Por que razão? Já que tamanha brutalidade há de exigir um motivo. E isto, honradas senhoras desta cidade, isto é que torna ainda mais bárbaro este homicídio. Juliana matou por vileza. Esta moça aí — apontou o dedo para Juliana —, que agora quer posar de imaculada (não levanta o rosto porque não tem coragem de me encarar, porque sabe a maldade que fez), seu coração transborda maldade, é vil! Matou aquela santa senhora com quinze facadas, quinze facadas, porque invejava seus bens, invejava sua educação, invejava seu marido, invejava sua vida. Quem comprava as roupas desta moça? Quem pagava o colégio desta moça? Mas não, ela não se conteve. Seu coração torpe queria tudo. Tentou seduzir o esposo, não conseguiu. Tentou tomá-lo para si, assediando-o afrontosamente, não conseguiu. Por raiva, por inveja, por maldade, por ganância, descarregou sua ira sobre o corpo da santa Atenéia. Quinze facadas, quinze facadas, senhoras juradas. Por quanto tempo essa mulher agonizou, por quanto tempo padeceu?

O promotor fez uma nova pausa. Na sala, reinava um silêncio magnético e assustador. Juliana, assustada, levantou ligeiramente a cabeça, na tentativa de notar o que se passava, quando foi surpreendida pela voz de Dr. Alexandre.

— Abaixe seu rosto, você não tem a dignidade necessária para encarar este tribunal! Quer me enfrentar? Quer afrontar este Plenário? — Juliana abaixou rapidamente a cabeça.

— Esconda-se! Esconda seu rosto — continuou o promotor —, esconda a sua maldade! Tenho a certeza de que, hoje, neste tribunal, você não sairá impune e a justiça será restaurada. Senhoras juradas, peço justiça, exijo justiça, para que sirva de exemplo, para que possamos demonstrar que nós, pessoas de bem, não admitimos desaforos de criminosos. Precisamos dar um basta, mostrar que não se pode vir aqui, na nossa cidade, aproveitar-se de nossa hospitalidade, cometer atos bárbaros e sair impune. Peço-vos, Excelências que merecidamente compõem este conselho, decidam pela condenação!

Após uma longa e enfadonha explicação técnica das qualificadoras do crime e das respostas aos futuros quesitos do julgamento, Dr Alexandre agradeceu, fez um aceno final com a cabeça, em sinal de cortesia pela atenção dispensada, e encaminhou-se para a cadeira do promotor e sentou-se.

Victor sabia ter chegado a vez. *Agora ou nunca*, disse em pensamento. Ergueu-se, respirou fundo, na vã tentativa de expulsar o enorme peso que descansava sobre suas costas. Seus olhos estavam concentrados, mas, ao mesmo tempo em que examinava o rosto de cada jurado, tentando penetrar-lhes algum sentimento em prol da acusada, todos observavam o quanto ele estava emocionado. Parecia possuído por alguma alma notória, dessas do tipo de antigos oradores gregos e romanos. Quem dera não fosse apenas aparência.

— Excelentíssimas Juradas que dignamente compõe, hoje, o Conselho de Sentença deste Egrégio Tribunal. Confesso-vos que havia preparado, meticulosamente, cada palavra de abertura e saudações para este momento. Mas preferi postergá-las, preferi deixar para uma outra oportunidade a chance de demonstrar quão eloquente poderia ser. Preferi aguardar uma outra hora, quem sabe, concedida por Deus, para satisfazer meu próprio ego e alegrar o ouvido de Vossas Excelências, pelas dóceis palavras preparadas. Sim, minhas senhoras — Victor seguiu compenetrado —, preferi deixá-las para depois ou talvez para nunca mais, porque não posso ignorar a impressão causada pelo Promotor. As falas do nobre colega, confesso, provocaram em mim arrepios e — Victor fez uma pequena pausa — assusta-me a ideia de que talvez tenham também em vós provocados tais arrepios. Portanto, perdoem-me Senhoras Juradas, perdoem-me se dispensei as formalidades saudosivas, mas, pelo compromisso com a justiça, a justiça na exata medida da lei, preciso desmentir o que até agora foi dito.

Dr. Alexandre preparava-se para levantar, mas parou, voltou novamente seu olhar para o advogado.

— Assusta-me, hoje, dignas juradas, assusta-me a ideia de talvez não poder dar conta de tamanha oratória esposada pelo Promotor Alexandre. Digo-vos com sinceridade que, não tivesse a certeza da inocência de Juliana, ficasse também indeciso pelas palavras duras da acusação. Mas são falsas! São falsas, senhoras juradas.

Victor baixou a voz:

— Mas estou com medo. Estou com medo de não poder alcançar o elevado grau de eloquência do Dr. Alexandre. Estou com medo de não poder fazer jus à confiança depositada em mim por esta pobre menina — Victor virou ligeiramente o olhar para Juliana —, desta pobre menina que, neste final de tarde, sei... Está com mais medo ainda do que eu. Por isso quando me levantei para retomar os debates, prometi a mim mesmo, fiz a indesculpável promessa de que jamais, jamais, voltaria a assumir tamanha responsabilidade. Fi-lo porque me senti impotente, incapaz de ser mais forte do que quem eu defendo, incapaz de me igualar, na humildade dos conhecimentos à condição invejável, ao inquestionável saber retórico do promotor. Mas ainda estou de pé. Embora vos peço a compreensão de minha fraqueza, que julguem a acusada equivocadamente, em razão da minha falta de preparo, mas irei até o fim, não obstante a minha impotência, aos pés do promotor, tentarei ao menos demonstrar a verdade, demonstrar os exatos caminhos da justiça.

Victor virou novamente para Juliana.

— Perdoe-me Juliana. Perdoe-me, se, hoje, eu não for capaz de evidenciar sua inocência. Mas se servir de conforto, saiba que eu, pelo menos eu, tenho a certeza de sua inocência. Peço forças a Deus, para que ilumine a cada um de nós neste tribunal e, ainda que minhas palavras sejam débeis, para que cada um de nós, em especial as juradas, possa efetivamente compreender a verdade dos fatos.

Cada frase de Victor era tomada por uma sinceridade plena e, em seus olhos, acompanhada de profunda tristeza e sinais de desespero.

— Não sou ninguém, não tenho poderes nem cargos, mas não posso deixar que a verdade pereça e o engodo, a ilusão e a mentira covardemente possuam nossos corações. Peço vênia, Dr. Alexandre, mas o senhor mentiu neste tribunal. Porque o *munus*, a função de advogado me exige, tenho o dever de desmascará-lo, de desacobertar a verdade que Vossa Excelência tentou esconder sob os mantos de sua oratória — aumentou o tom de sua voz. — Até quando permitiremos que a glória pessoal desmereça a justiça? Até quando permitiremos que o poder da riqueza faça perecer o pobre inocente? Até quando permitiremos que a balança penda, sempre, apesar de injusta, em favor dos poderosos? Não, juízas deste tribunal. Não! Ainda que eu seja fraco, ainda que seja incompetente, ainda que minha humilde posição de advogado não me dê o crédito social, exigirei justiça e haverei, ainda hoje, de desmascarar as mentiras tuteladas em prol do *status quo*.

Victor fez uma pausa e depois continuou:

— Disse o promotor que eu falaria sobre a dúvida, equivocou--se. Talvez falasse sobre a dúvida, houvesse alguma prova, ainda que insustentável, ainda que desconexa ao caso dos autos. Mas não hoje. Porque neste processo, há somente certeza. Certeza, senhoras juradas, porque a acusação não produziu uma prova sequer a, pelo menos, indiciar a pobre menina. Que provas tem a promotoria? Uma testemunha, que não testemunhou nada? Uma pobre senhora que, perdoe Deus a sua ignorância, apenas comprovou o quão preconceituoso nós, seres humanos, podemos ser? Uma testemunha, testemunha entre aspas, que veio, aqui, dizer a nós, que Juliana era culpada porque a viu entrar pela porta. Desculpo essa dona Ourides e peço a todos que façam o mesmo. Porém não perdoo o promotor, porque não fez o que fez por fraqueza, por desconhecimento ou preconceito, fê-lo na única e maldosa intenção de ludibriar a todos, de levar-nos ao engano, apesar de ciente de que, na ausência de toda e qualquer prova, Juliana é inquestionavelmente inocente.

Victor bebeu um gole de água, retomou o fôlego e continuou.

— Disse-nos dona Ourides, ao arredio da Justiça, que ficou a noite toda na janela e, portanto, a única pessoa que viu entrar em casa, aproximadamente no horário do crime, foi Juliana. Quando comecei a questioná-la fui repreendido pela minha própria consciência: oh! advogado, como ousas duvidar de uma senhora de 53 anos!! Mas persisti, em respeito à toga. E o que foi que eu ouvi? E o que foi que nós ouvimos? Dona Ourides não ficou o tempo todo na janela. Então, senhoras, por que ela mentiu? Por que, sobre compromisso, afirmara e confirmara, não ter saído uma única vez da janela? Por preconceito, minhas senhoras. Essa coitada inculcou na sua mente a ideia de que teria sido Juliana. Mas por quê? Por quê?

Victor foi repetindo a mesma pergunta, olhando nos olhos de cada uma das juradas.

— Por quê? Porque Juliana era a única menina pobre do bairro. Eu conheço essa gente, senhoras. Conheço essa gente. É esse tipo de pessoa que teima que nossos filhos configuram uma ameaça e não dorme, não dorme, até que se prove, certo ou errado, de que nossos filhos são realmente uma ameaça. É esse tipo de vizinha que, certamente, jamais se conformara por morar ao lado de uma *pés descalços* de Riachão. Não sei, porque não ouvi nem posso confirmar, mas, talvez tenha dito, no âmago de seu preconceito, "bem feito, é isso que dá trazer gente ruim para dentro de casa".

— Mas o filho da senhora é gente ruim só porque é pobre? — em tom eufórico, Victor perguntou apontando o dedo para uma das jurada. — A filha da senhora — apontou o dedo para outra jurada — é criminosa só porque alguém a viu entrar numa casa? Não, minhas senhoras, não! Não devemos julgar as pessoas pelo seu nascimento, pela sua condição social, pela sua riqueza. Ninguém pode ser culpado porque foi visto entrar numa casa, na própria casa. A prova indiciária é muito fraca. É muito fraca!

Victor estava já com a sensação de ter dito tudo. Sentia como se não precisasse mais de palavras porque havia encontrado o ponto fraco das juradas: não eram senhoras da alta classe social e, provavelmente, por alguma razão, sentiam-se injustiçadas por isso.

— Naquela casa, também trabalhava uma jardineira. Muitas noites, enquanto estudava o processo, questionava-me a razão de ninguém ter requerido a intimação dessa jardineira para testemunhar. Excelências, com absoluta sinceridade, por muitas noites, não tive resposta. Contudo, neste plenário, ficou claro o motivo. Por que não chamei a jardineira como testemunha? Porque seu testemunho poderia aparentar uma espécie de solidariedade para com Juliana, em razão da pobreza. Assim, pelo meu raciocínio de advogado, não decorrente do preconceito, mas por medo dele, soube das razões que levaram todos, o delegado, o promotor, a preterir o testemunho da jardineira. Só quiseram saber de trazer gente importante para este plenário, porque queriam impressionar, e não confiam isto ao pobre.

— O senhor está exagerando! — gritou o promotor do fundo da sala.

— Feche a boca, Excelência! Feche a boca porque não lhe permiti me interromper. Se quiser um aparte, peça!

— Então, peço um aparte — respondeu o promotor.

— Não dou, porque não quero. O direito à palavra é meu, assim como o senhor já teve o seu. Por que fica no fundo da sala? — Victor vira-se para as juradas. — Por que o promotor não se comporta com respeito a todas as senhoras que estão, aqui, sentadas desde a manhã?

— É meu direito, doutor — disse o promotor de lá do fundo.

— Excelência, por favor, garanta meu direito! — disse Victor, dirigindo-se ao magistrado, pelo que este respondeu apenas com um aceno positivo da cabeça.

— As pessoas abusam de seus direitos — continuou Victor — porque se julgam superiores, porque acham que podem dizer o que querem, como querem e quando querem. Dr. Agamenon, o próprio marido da vítima, quando inquirido por mim, também disse que não voltou para a casa. Somente quando pressionei, como todos ouviram, é que se desmentiu e confessou que, naquela mesma noite, também voltou para a casa. Disse que voltou para pegar a carteira. Fui criticado pelo promotor. Disse-me ele que eu queria acusar o próprio marido, mas novamente se equivocou. Não, não acuso o marido, porque nem mesmo ele, com a dor da perda de sua esposa, nem mesmo ele acusou a pobre Juliana. Apenas queria demonstrar o testemunho mentiroso da senhora Ourides. Quanta mentira! Se ela não saiu da janela, se lá ficou a noite toda, por que não viu o Dr. Agamenon entrar em casa? Porque não viu nada, porque não estava na janela.

— Respeitáveis senhoras deste conselho, a única suposta prova apresentada pela acusação foi o testemunho da dona Ourides. Contudo, como todos nós vimos e ouvimos, ela não se prestou a nada. Porque se está correto o raciocínio lógico dessa pobre senhora, então, também seria lógico dizer que poderia ter sido o próprio marido. Mas longe de mim tamanha conclusão. Por que haveria de supor que o próprio marido teria motivos para assassinar a esposa? Eu não posso dizer isso, mas sei que Juliana é inocente.

— Se ela chegou no horário da morte, por que não viu então o assassino? — aparteou o Promotor.

— Que horário da morte? — Victor respondeu indignado. — Que horário da morte? Nós ouvimos, aqui, o Delegado afirmar que não há condições de precisar a hora da morte. Não há condições de se determinar com exatidão a hora da morte! Juliana chegou em casa às três horas, é bem possível, é bem provável, é certo, como dois e dois são quatro, que dona Atenéia já estava morta.

Victor jogou com força e indignação os autos sobre a mesa das juradas.

— A perícia confirma, não há uma hora exata do crime. O fato acontecera entre duas a três horas da manhã. Portanto, Excelências, não se deixem levar por retóricas infundadas, dona Atenéia pode ter morrido às duas, às duas e quinze, às duas e meia, às duas e quarenta e cinco. Mas não foi assassinada às três horas. Não foi assassinada às três horas! Por quê? Porque às três horas quem chega em casa é Juliana. Ela encontra a vítima prostrada no chão e liga para polícia.

Senhoras juradas, mesmo se quisesse, ela não teria tempo. Juliana não foi a autora do crime.

Victor calou-se por algum tempo, olhou no relógio, vendo o tempo se esgotar, com muita serenidade, terminou sua fala.

— É meu dever como advogado, não apenas falar da verdade, mas buscá-la, encontrá-la e vivê-la.

Fez uma pequena pausa estratégica, em tom melancólico.

— Mas que parte nossa busca a verdade: a razão ou o sentimento? Minha intenção inicial era tentar provar que todos, conforme a lei, até prova absolutamente em contrário, são inocentes. Isto é difícil, senão impossível, porque os olhos da lei são humanos. Mas faço apenas um último pedido, quando se dirigirem para a sala secreta, que os vossos olhos hoje sejam mais da lei do que humanos.

O Promotor não fez uso da réplica e, não havendo qualquer outro incidente nem esclarecimentos por parte dos jurados, o magistrado determinou a reunião na sala especial a fim de ser procedida a votação. Tinha chegado a grande hora. O destino de Juliana estava, agora, nas mãos apenas das juradas. Aquelas senhoras do conselho de sentença, aquelas simples mulheres da cidade do Oeste decidiriam a culpa ou a inocência.

* * *

Enquanto aguardava os jurados se acomodarem na pequena sala de votação, que antes era chamada secreta, mas agora, sem deixar de sê-la, ficou denominada pela lei de especial, Victor foi pegar uma garrafa de água, na lanchonete que ficava ao lado do salão de julgamento. Era na verdade um pretexto para respirar um pouco do ar menos contaminado pela adrenalina da sessão.

— Uma água mineral sem gás.

Victor ficou ali, em paz, como se isolado do mundo, do processo, dos embates, esquecendo-se de que, em menos de uma hora, não só o destino de Juliana estaria definido, como o próprio recomeço de sua carreira, não fosse o cutucão que recebeu nos ombros.

— Hei, doutor, no que está pensando? — interrompeu-o Gabriel.

— Em tudo e em nada. Estava tentando exercitar meu poder de "não-pensamento". Só tentava ficar fora de tudo isto, perguntando-me se terei paz.

— Como acha que vai se sair? — perguntou Herbert, aproximando-se dos dois.

Por alguns segundos, Victor ficou atônito, não sabia o que responder, se dissimulava ou dizia a verdade. Mas decidiu ser sincero.

— Eu não sei, Herbert. É tudo muito confuso. A minha vida mudou muito nos últimos tempos e de forma muito rápida. Para ser sincero, nem sei quem são os meus amigos, como saber o resultado? Tudo está nas mãos do júri, mas estou com medo, temendo não poder suportar a dor da derrota.

— Você foi brilhante — exclamou Gabriel.

— Adiantará alguma coisa se eu perder?

— Eu sei que não sou a melhor pessoa para lhe aconselhar. Peço desculpas — disse Herbert. — Mas sei que não é todo mundo que pode trabalhar ali dentro. Você é um grande advogado, um advogado nato. Orgulhe-se disso! Não tenha medo da sala secreta, volte lá e termine seu trabalho.

Os jurados, o juiz togado, o promotor, os dois oficiais de justiça, todos já estavam a postos, quando Victor entrou na sala especial, para a escolha dicotômica das cédulas de votação, entre o sim e o não, a condenação ou a absolvição. Após o ensaio de praxe, "quem julgar que este vestido vermelho é vermelho, vote sim, quem achar que não, vote não", um dos meirinhos distribuiu as duas cédulas e começou a votação.

— Dona Atenéia morreu vítima das quinze facadas desferidas em seu corpo? Quem achar que sim, que facadas mataram dona

Atenéia, vote sim; quem achar que não, vote não — disse o juiz em tom de magistério.

O primeiro oficial recolheu as cédulas de votação e o segundo meirinho as cédulas restantes, todas depositadas em cada urna separadamente.

— Quatro votos sim — contou o magistrado Leonardo, enquanto mostrava as cédulas restantes.

— Vamos para o próximo quesito. Juliana foi a autora dessas facadas que levou dona Atenéia à morte? Vocês já entenderam — explicou novamente o juiz — quem julgar que Juliana foi quem desferiu as facadas, vote sim, quem julgar que não foi ela, vote não.

Victor olhou para o Promotor. No mesmo instante, os olhares dos dois se cruzaram. Sabiam bem que era a grande chance da defesa. Todos os argumentos de Victor incidiram sobre o fato de que não havia uma prova sequer de que Juliana havia sido a autora do crime. Estava nas mãos das juradas decidirem a autoria do crime e o destino da menina de Riachão.

Um turbilhão de lembranças passou pela cabeça de Victor. Os sonhos, a primeira entrevista com sr. Antônio, as brigas com Herbert, a saída do escritório, a visita à Juliana na prisão, a decepção amorosa, a viagem para a Capital. Enfim, tudo e mais um pouco estava para ser decidido em apenas quatro votos. Quatro pessoas, só isso, estariam para decidir um dos anos mais difíceis de sua vida; apenas quatro pessoas, decidiriam a vida de Juliana, algo que marcaria sua vida para o resto da existência.

— Um, dois, três *Não* — começou o juiz a contar as cédulas da votação do segundo quesito.

Victor estremeceu. Tinha fixa a ideia de que se julgassem Juliana autora dos golpes mortais, estaria liquidado, não haveria outra chance. A ansiedade tomou conta de seu espírito. Pareciam os piores segundos de sua vida. Com apenas mais uma cédula, Juliana estaria inocentada.

— Um, dois, três *Sim...* — o magistrado olhou para os dois contendores, tentando criar um pouco de suspense..

O promotor sorriu aliviado, para o desespero de Victor. Um empate técnico, à espera de mais um só juízo.

Em seu íntimo, Victor perguntava-se, pedindo vênia a Rui Barbosa, por que razão deixar na mão de apenas uma única pessoa a decisão da vida de um outro semelhante. Sentia que estava tudo perdido, mas sua indagação fazia sentido. Num jogo de probabilidades, quatro pessoas teriam quase as mesmas chances de estarem certas quanto às outras três que decidem em contrário. *É uma grande injustiça*, pensou, *quatro pessoas, apenas em razão do número, decidem tudo, em detrimento das outras três que pensam o contrário.*

O juiz voltou sua atenção para as cédulas.

— Quatro *Não* — disse o magistrado com voz abafada.

Victor não acreditou. Seus olhos transbordavam lágrimas. Tinha vontade de pular, gritar, abraçar alguém. Era como se sua própria liberdade estivesse em jogo. Sabia que estava tudo acabado. Todas as angústias, os esforços, haviam terminado. *Enfim, livre!* Dr. Victor Hermes não pensou duas vezes, levantou-se e abraçou cada uma das juradas. *Muito obrigado*, dizia, *muito obrigado*, não se importando com quem votou contra ou a favor. Estava tudo resolvido.

Capítulo 8

No dia seguinte, ainda ecoavam na cabeça de Victor as vozes eufóricas de alegria, na hora em que o juiz leu a sentença e declarou Juliana inocente. Naquela manhã, ele queria apenas ficar com as lembranças do sucesso e festejos, esquecendo os gritos de protesto, as vaias, clamando por justiça. Nada mais importava, além do sabor da vitória. Desceu para a padaria da esquina, pois precisava se recompor, e nada mais adequado que um bom café-da-manhã.

Pegou o jornal, mas nada de esplêndido na primeira página, apenas um quadro, dos menores, noticiava o caso: *Em decisão polêmica, o júri inocenta a acusada de matar filha de ex-Ministro.* Victor sorriu, tudo havia voltado ao normal. Juliana entrara novamente no mundo dos anônimos, sem nome, sem marca, longe das memórias coletivas. Ele sorriu novamente e falou com seus botões, quase num sussurro:

— Quem dera fosse assim.

Voltou ao mundo real, sentou-se e fez o pedido de sempre. Veio servi-lo a balconista do júri anterior.

— Ontem, você assistiu ao julgamento? — perguntou Victor, segurando para não sorrir.

— Não tive tempo, doutor, mas foi uma grande injustiça — disse a moça.

— Pois é, as coisas acontecem, aqui é cidade grande, minha flor — disse Victor, abaixando a cabeça e se entretendo com seu duplo misto e chávena de café.

Movido pela fome de um dia anterior muito mal nutrido, Victor permanecia absorvido em sua refeição, totalmente desligado do mundo, quando, de repente, assustou-se com uma mão apertando seus ombros. Assustou-se um pouco, quase derrubando o café, não fosse a voz meiga e conhecida.

— Calma, doutor, são os amigos de sempre.

Ele virou-se calmamente, ainda tentando se recompor da surpresa.

— O que faz tão cedo por aqui? — perguntou Victor.

— Passei em sua casa, como ninguém atendeu, conclui que deveria estar por aqui, tomando seu café de sempre — disse Herbert com aquele sorriso habitual.

— E qual é o interesse, para me procurar tão cedo?

— Calma, amigo. Não vai me convidar pra sentar?

Victor ficou olhando para ele, tentando adivinhar qual a verdadeira intenção do ex-sócio. Decidiu partir para o ataque.

— Diga logo, o que você deseja?

— Eu já tinha pensado a respeito, mas, depois de sua brilhante atuação, ontem, não tive mais dúvidas. Você quer refazer a nossa antiga parceria?

— Eu não sou mais tributarista. Larguei tudo quando saí do escritório, você sabe —respondeu Victor.

— Agora é diferente — disse Herbert —, você poderá ficar responsável pela área criminal. Poderemos até contratar novos advogados.

— Advocacia criminal? Cadê a história de que a área penal afugenta os clientes ricos?

Herbert deu uma gargalhada e, no meio do riso, disse:

— Você é exagerado, amigo. Nem oito nem oitenta. Não estou falando de crimes bárbaros. Um homicídio ou outro, de vez em quando, se valer muito a pena.

— Os ricos estão precisando de um criminalista? — perguntou Victor em tom irônico.

— Mas eu não posso negar, os ricos também cometem crimes. Claro, a maioria dos delitos é contra a ordem financeira ou coisa do tipo, nada de roubos ou estupros.

— Sei que suas ideias são ótimas — afirmou Victor, olhando direto nos olhos de seu ex-colega —, mas eu quero ficar só. Para falar a verdade, nem mesmo sei se vou continuar advogando. Tenho certeza de que achará alguém de seu nível, capaz de tocar o projeto. Eu prefiro ficar em paz.

— É isso que você quer? — perguntou Herbert sem muita esperança.

— É isso mesmo — e Victor levantou-se da mesa, pagou a conta e partiu, sem ao menos se despedir do antigo sócio.

Não queria encher sua mente de falsas esperanças. Não queria sentir-se usado ou subvalorizado. Para ele, tudo tinha um fim e o relacionamento com Herbert já havia esgotado todas as suas possibilidades. Desceu a rua tranquilo, pensando apenas no encontro mais tarde com Juliana.

* * *

— Chegou cedo! — exclamou Victor admirado.

— Já são oito horas, eu não queria perder mais nenhum minuto longe do meu anjo da guarda — brincou Juliana.

Victor ficou parado, admirando as curvas daquela linda jovem. Ela estava linda, num vestido vermelho bem ajustado ao corpo, decote sóbrio e ao mesmo tempo sedutor. O brilho de seus olhos estava mais intenso. Para dizer a verdade, os olhos refletiam um hipnótico brilho, quase irresistível.

— Para onde vamos? — perguntou Victor, sem tirar os olhos da moça.

— Prefiro pedir uma pizza e ficar aqui. Esta noite, não quero dividi-lo com mais ninguém.

Victor sentiu-se bem com a ideia de Juliana. Não tanto pela pizza, nem gostava tanto assim de pizza, mas por ser um pequeno sinal de mudança. Quem sabe, Juliana tivesse mudado profundamente, aprendido a apreciar as coisas singelas da vida.

— Quais são seus planos? — perguntou Victor, para quebrar o silêncio da espera.

— Para ser sincera, ainda não pensei. Não tive tempo.

— Nenhuma ideia?

Juliana fitou-o seriamente, por alguns segundos, depois, esboçou um pequeno sorriso.

— É melhor eu ficar calada — disse por fim.

Victor preferiu não responder e se entreteve em servir uma fatia de pizza para cada um. Mas vendo o silêncio forçado, Juliana continuou, numa clara tentativa de saber o que passava em sua mente.

— Sabe, Victor, você às vezes me... — a fala foi cortada pelo som estridente do telefone.

Victor levantou-se para atender.

— Alô, quem fala?

— *Doutor Victor?*

— Sim.

— *O senhor precisa me ajudar, acho que matei um homem.*

— Onde você está?

Victor ouviu os detalhes da localização, pediu desculpas a Juliana pela diligência e saiu apressado. Talvez fosse o recomeço de mais uma atribulação, mas não se atreveu a pensar em nada, pois o passado mal havia terminado de acontecer.